서른의 불만
마흔의 불안

서른의 불만
마흔의 불안

불확실한 시간을
통과하는 마음

조
소
현

어크로스

처음부터 입안 가득 퍼지는 단맛도 있지만
꺼끌꺼끌해도 씹다 보면 고소해지는 맛도 있다.
꺼끌하다 느낀 순간 뱉지 않은 덕분에
흐릿했던 시야가 조금씩 선명해진다.

추천사

후배 조소현은 나와 커다란 공통점을 가진 동료다. 피처 에디터이자 아이(들)의 엄마, 여성이자 또 다른 여성의 딸이라는 사실은 우리를 정의하는 정체성 같은 거였다. 모두가 그렇듯 우리는 매 순간 실로 다채로운 역할을 수행해야 했고, 그 와중에 일과 관계 사이 곳곳에서 돋아나는 크고 작은 문제의식을 직면했다. 하지만 조소현은 그저 푸념 내지는 한탄으로 끝날 수 있는 숱한 불만과 불안, 그 실체를 충실하게, 부지런히 지면에 기록해왔다. 목격자의 시선이 아니라 경험자의 마음으로, 때로는 분노하고 때로는 희망하며 쓴 글은 그녀의 생생한 육성이나 다름없다. 누구나 좀더 나은 사람이 되고자 하는 무구한 욕망을, 좀더 나은 세상을 만들고 싶은 순진한 바람을 갖고 산다. 조소현은 그런 우리가, 우리의 생각이 틀리지 않았다고 자신의 글을 통해 말한다. 그러므로《서른의 불만 마흔의 불안》은 일상과 세상의 당연한 질서에 잠식당하지 않도록 나를 깨우는 법에 대한 이야기다. 각자의 자리에서 묵묵히 자신의 삶을 사는 이들에게 살갑게 내미는 안부인사다. 생각하고 발언하는 이들을 외롭지 않도록, 반짝반짝 살아 있게끔 독려하는 편지다. 이 책은 그렇게 같은 시대를 보내며 매일 다시 나아가는 우리 모두를 든든한 동료로 끌어안는다.

윤혜정 국제갤러리 이사, 《나의 사적인 예술가들》, 《인생, 예술》 저자

이유를 알고 가는 길은
오래 걸을 수 있다

      운명인지 필연인지 독자와 내 나이가 일치하는 잡지에서 일을 해왔다. 패션지에서 피처 에디터란 패션과 뷰티를 제외한 모든 것을 들여다보며 읽을거리를 만들어내는 직업이다. 그러다 보니 머릿속을 휘젓는 모든 일, 주변에서 펑펑 터지는 일이 모두 기삿거리가 됐고, 나는 기사로 인생에서 생긴 궁금증과 고민의 답을 찾아다녔다('글로 연애를 배웠어요'가 실효성을 발휘하던 시절이다). 처음 잡지사에 들어갔을 때 주어졌던 기사는 '사회초년생이 3년 안에 1억 모으는 법'이었고, '성과를 도둑맞지 않는 법', '혼자 해 먹는 보양식', '호르몬이 나를 지배할 때' 등 이후 나를 거쳐간 기사는 나와 함께 나이를 먹고 같이 커갔다. "여자에 관한 글을 매달 써보면 어떠니? 넌 할 말이 많을 것 같다." 그때도 지금도 〈보그코리아〉를 지키고 있는 신광호 편집장님의 한마디에서 이 책은 시작됐다. 보통 배우나 스포츠 선수의 재능이 선구안을 가진 자에게 발견되던데, 나는 종종 상사로부터 나의 정체성과 글감을 점지받았다. 여자에 관한 글을 권유받았다는 건 그때 내가 여자라는 주체 없이는 설명이 되지 않는 시기를 통과하고 있다는 의미였다.

인생을 10년 단위로 쪼개는 게 무슨 의미가 있을까 싶지만 서른부터 불만이란 감정이 머릿속을 잠식한 것 또한 사실이었다. 결혼을 한 시점과도 일치하는데, 억울해서 화가 바글바글 끓다가 무엇을 어찌할 수 없다는 무력감이 일상을 흐물거리게 만들곤 했다. 머리로 이해가 가지 않는 지점들이 많아서 무수한 표본을 찾아다녔다. 포털 사이트에 입력한 키워드에 관련 내용이 더이상 나오지 않을 때까지 검색했고, 비슷한 고민을 풀어낸 책을 찾았으며, 같은 시대를 통과하고 있는 주변 사람들에게 술자리나 안부전화에서는 하지 않는 질문을 묻고 또 물었다. 이 감정의 정체가 내가 유난해서 느끼는 것이 아님을 확인했을 때 불만은 더욱 거세졌지만(그지? 맞지? 미친 거 아니야?) 불안은 일면 잦아들었다(우리는 모두 시대의 희생양이지..).

나의 생각은 말 그대로 개인적이고 아무리 취재를 열심히 해도 도움말을 구하는 지인과 전문가는 극히 일부일 텐데 '여자', '직장인', '엄마', '나이' 같은 필터를 거치면 신기할 정도로 비슷한 이야기가 남았다. 책에서 인용한 논문이든 에피소드에 등장하는 얼굴도 이름도 모르는 저자의 지인이든, 우리는 정말이지 비슷한 감각을 공유하고 살고 있었다. 그런 의미에서 우리는 불만과 불안의 시대의 공저자였다. 나는 그 모든 얘기를 소중히 감싸 입안에 넣고 꼭꼭 씹은 뒤 글을 썼다. 물론 해답을 알고 시작하지 않았기 때문에 침 튀기며 열변을 토하듯 전반까지 쓰고 나면 마무리를 하지 못해 깜빡이는 커서 앞에서 한참을 서성였다. 허공에 오물거리는 셀프 다짐이나 상대에게 공을 떠넘기는 물음표로 글을 얼버무리곤 했지만 그럼에도 나아가고 싶다는 것을 확인할 수 있었다. 20대처럼 몰라서 해맑을 수 없다면 이제는 제대로 알고 사유하고 싶었다.

버지니아 울프는 《자기만의 방》에서 케임브리지 대학교 도서관에 갔을 때 겪었던 에피소드를 소개한다. 울프가 도서관에 발을 내디디려 하자 친절한 신사가 나타나 "여자는 도서관에 들어올 수 없다"고 말했다. 울프는 이때 "도서관에 입장이 허용되지 않다니 나에게 무슨 문제가 있을까?"라고 묻는 대신 "나를 들여보내지 않다니 도서관 문지기에게 무슨 문제가 있을까?" 하고 물었다. 그러니까 이 글은 버지니아 울프와 정반대로 항상 나에게 문제를 묻던 내가 상대나 사회에도 문제가 있지 않을까 자문하게 된 찬찬한 과정이기도 하다.

이 책에 실린 글은 〈보그코리아〉에서 썼던 글 중 일부를 골라 현시점에도 유의미할 수 있도록 다듬은 것이다. 당시에는 몰랐는데 모아서 거르고 나니 '불만'과 '불안'이라는 단어가 남았다. 30대와 40대가 되고 바라는 건 신체 건강하게 일해서 가족을 부양하며 틈틈이 재미있게 살기 정도인 것 같은데 도달이 쉽지 않아 투덜거리고 종종거렸다. 그 가운데서도 늘 무언가를 해내야만 했고 어떻게 해도 안정감을 찾을 수 없었다. 안정적이 되어야 한다고 믿어서 생겼던 결핍의 감정이 불만과 불안으로 저변에 남았다.

최근 한 배우가 인터뷰에 언급함으로써 수년 전 출판된 책《불안의 서》가 증쇄에 들어가는 일이 생겼다. 사색하는 문장으로 가득 차 있지만 완독도 어렵기로 유명한 800페이지에 달하는 페르난두 페소아의 책에 관심이 쏠린 건 배우가 인상 깊은 구절로 '모든 사람이 24시간 동안 잘 때만 빼고 느끼는 감정이 불안'이라 꼽으며 밝힌 불안을 치우는 방법이 놀라울 정도로 옳아 보였기 때문이다.

우리는 모두 불안에 시달리고 불안은 그렇게 매일 치워야 하는 것일지도 모른다. 그렇지만 불안한 그 감정은 나를 자꾸만 움직이게 했다. 언제까지 일할 수 있을지 걱정스러워서, 몸이 더 굽어질까 봐 두려워서, 부모님이 아프실까 봐 신경 쓰여서, 세상의 속도가 버거워서 지금 이 순간에도 무엇이든 하게 했다. 지긋지긋하고 편하지 않지만 일면 하고 싶은 일이다. 처음부터 입안 가득 퍼지는 단맛도 있지만 꺼끌꺼끌해도 씹다 보면 고소해지는 맛도 있다. 꺼끌하다 느낀 순간 뱉지 않은 덕분에 흐릿했던 시야가 조금씩 선명해진다. 이유를 알고 가는 길은 오래 걸을 수 있다.

매달 지면에 꼬박꼬박 실렸지만 한 달이 지나면 사라지던 글은 강태영 편집자에 의해 발견되었다. 유효기간이 지난 건 아닌지 거듭 망설이는 동안 확실한 언어로 필요와 쓸모를 찾아주었다. 쓴다는 것은 곧 생각하는 일이라 계속 붙들고 있을 수밖에 없었는데 그 시간이 반드시 필요하다고 건네는 인정이었다. 표현할 길 없는 깊은 감사를 전한다. 또한 매달 11일과 12일 사이, 12일과 13일 사이 소름 끼치도록 똑같은 멘트를 뱉으며 원고를 마치지 못하고 있을 때 경험과 통찰을 나눠준 선후배와 동기들이 없었다면 그달의 마침표는 찍을 수 없었다. 어깨동무를 하고 있다는 느낌을 줘서 항상 고맙다. 마지막으로 마감이라는 두 글자의 무게를 같이 짊어주는 가족들이 있어 모든 것이 가능했다. 가족은 나의 시작이자 과정이자 끝이다.

서른을 지나 마흔을 통과하며 어릴 적 100원씩 내고 이용했던 '방방'을 종종 떠올렸다. 처음 '방방'에 오르면 발이 푹푹 빠지지만 이내 중심을 잡으면 바로 높이 뛸 수 있었다. 그러다가 숨이 가빠 멈추면 몸은 제멋대로 튕겨 나갔는데, 여자 친구들 옆에서 다시 힘껏 점프를 하면 또다시 날아오를 수 있었다. 속 시원하고 재미있었다. 앞으로도 딛고 있는 지면은 '방방'처럼 수천 번 꿀렁거릴 테지만 계속해서 뛰어오르고 싶다. 불안한 채, 불평을 하면서.

차례

· ·

1부   서른의 불만

2부　마혼의 불안

1부

서른의
불만

왜 그렇게 불만이 많을까? 막연한 감정만
생겼던 20대와 달리 드디어 문제점의
정체가 파악되는 시기라서 그렇다.
왜 종일 일하던 의자가 그렇게 불편했는지,
그냥 밥을 먹을 뿐인데 왜 항상 죄책감이 드는지
그 원인은 매우 자주 외부에 있었다.
불만이 고조되는 중에도
30대에는 여전히 막연한 긍정이 작용해
변화할 수 있다는 믿음이 존재한다.
사회에서 쌓인 경험치는 삶을 컨트롤할 수
있다는 자신감이 되고 자신감은 불만에
적극성을 부여한다. 멀리 들리는 목소리 중
동의하는 데시벨에 목소리를 포개고
지금보다 나으리라 믿어 의심치 않는
미지의 나를 향해 성큼성큼 나아간다.
30대의 불만은 정체하지 않고 시간과
함께 걷고 뛰고 달린다. 종국에 변화에
다다르면 좋지만 그러지 않아도 괜찮다.
모두 삶의 재료가 된다.

써 내려간 말

《작은 아씨들》을 떠올리면 베스의 안타까운 죽음과 사이좋은 자매애 기억뿐인데, 어른이 되어 다시 본 영화 〈작은 아씨들〉은 달랐다. 150년 전 세상은 여자들이 결혼을 하지 않는 것도, 돈을 버는 것도 허락하지 않았다. 마치 가문의 네 자매는 각자 배우, 작가, 음악가, 화가가 되길 꿈꾼다. 내가 어릴 때는 그 꿈이 세상이 여자들에게 허락한 한 뼘도 되지 않는 보폭에서 찾은 현실임을 몰랐다. 그리고 또 한 번 생각했다. 네 자매 중 유일하게 '조'만 작가로 꿈을 이룰 수 있었던 이유는 글쓰기였기 때문이었다고. 집 안을 가득 차지하는 피아노가 없어도, 캔버스나 물감이 없어도 괜찮으니까. 부당한 세상에서 가장 적극적으로 창작욕이 샘솟으니까.

종이에서 타자기로 그리고 오늘날 노트북까지. 상대적으로 간편한 물리적 조건 덕분에 글쓰기는 오랫동안 여자들의 숨구멍이었다. 글은 중간에 자를 수도, 끊을 수도 없다는 점에서 말보다도 질긴 생명력을 지녔다. 무엇보다 혼자 만들어낼 수 있는 생각의 덩어리다. 고심을 거듭한 유형물이라 쉬이 휘발되지 않고 논리가 견고하다. 그렇기에 세상은 오래도록 여자들의 글쓰기를 반기지 않았다. 책을 읽는 것도 원하지 않았다. 직업으로 인정하지도 않았고, 속 편한 취미 생활이나 허세로 조롱했다. 글이란 사상이고 동요를 일으키며 결국 변화를 가져온다는 걸 너무 잘 알았기 때문이다. 세상은 식민지 시대처럼 여자들로부터 글을 빼앗아갔다. 그럼에도 여자들은 글쓰기를 멈추지 않았다. 브론테 자매는 남자 이름으로 《제인 에어》, 《폭풍의 언덕》을 발표했고, 시도니 가브리엘 콜레트는 대필 작가로 글을 썼다. 숱한 방해 공작 속에서도 여자들은 왜 끊임없이 글을 썼을까.

실비아 플라스는 1959년 《실비아 플라스의 일기》에 다음과 같이 적었다. "내게 가장 무서운 건 쓸모없는 존재라는 느낌이다. 훌륭한 교육을 받고 창창한 미래가 펼쳐져 있었는데, 아무도 알아주지 않는 무심한 중년으로 스러져가고 있다는 느낌. 글을 잘 쓰기 위해 노력하기보다는, 꿈속에서 얼어붙어 버리고, 거절이라는 환멸을 받아들이지 못한다." 퓰리처상을 받은 대문호가 밝힌 글쓰기의 동력이 '사라져가는 느낌'이라는 건 가부장제가 여자에게 부여한 사회적 역할이 얼마나 쉽게 개인을 지워버리는지 보여주는 증거 같다. 진부하지만 이보다 더 확실할 수 없는 이유. 자신을 증명하고 남기기 위해 여자들은 글을 썼다. 그 시절의 기록이라는 점에서 글도 사진과 다르지 않다. 생각과 말은 흩어지고 잊힌다. 글은 그 시간을 내가 살았다는 증거다.

많은 작가는 '글을 쓰는 순간만큼은 근심 걱정을 잊을 수 있다'고 글쓰기의 몰입과 쾌감에 대해 말한다. 글은 자신에게 몰입해야만 쓸 수 있고 자신의 생각에 집중해야만 나올 수 있다. 이타적이기를 요구받는 여성들이 이기적으로 자신만 생각할 수 있는 시간이기도 하다. 칼럼니스트이자 두 아이의 엄마인 윤혜정은 "글을 쓸 때 가장 용기가 생기고, 대담해지는 느낌을 받는다"고 말했다. 엄마로서 윤혜정은 도덕적이어야 하고 가족이 우선시되어야 한다는 느낌을 항상 받지만 글을 쓸 때만큼은 원래 날카로운 자신으로 산다. 글을 쓸 때만큼은 날을 세워도 되고 세상을 날카롭게 볼 수밖에 없으며 남들이 보지 않는 걸 예민하게 느낄 수밖에 없기 때문이다. 그래서 그녀에게 글을 쓰는 시간은 세상이 자기중심으로 돌아가는 유일한 순간이자 공인된 일탈이다. 제약이 많은 세상에서 유일하게 자기 마음대로, 기질대로,

뜻대로 해도 되는 것이다.

문학이든 저널이든 글에는 필자의 사상이 담긴다. 페미니즘 작가로 유명한 마거릿 애트우드는 《시녀 이야기》, 《증언들》을 비롯한 자신의 저서에 환경, 인권, 페미니즘에 관한 자신의 사상을 반영해왔다. 《제인 에어》는 순응하는 여성이 아닌 독립적이고 저항하는 여성을 담았고, 《작은 아씨들》과 콜레트의 '클로딘 시리즈'는 여성의 삶이 그 자체로 문학이 될 수 있다는 걸 보여줬다. 일기를 제외한 글은 세상 밖으로 나갈 목적을 가지고 쓰인다. 글이란 결국 세상에 하고 싶은 말이다. 나혜석은 《이혼고백서》를 "조선 남성들 보시오"로 시작했다. 세상이 여성의 이름을 지우면 지울수록 여성은 글을 쓸 필요가 커졌다. 여성의 언어로 어려움과 고통과 답답함과 부당함을 내보여야 했다. 집에 갇혀 있을지라도, 직장 생활을 중단해서 사회적 교류가 사라졌더라도 글은 타인에게 전달할 수 있다. 읽히고 공감까지 얻는다면 세상과 연결 고리가 된다. 살면서 말이 편집되고 삭제되는 경험을 했다면 "어떤 말은 칼을 품고 있어 무장한 남자도 찌를 수 있다"고 했던 에밀리 디킨슨에게 어찌 짜릿함을 느끼지 않을 수 있겠나.

물론 여자들은 생계를 위해서도 글을 썼다. 루이자 메이 올컷은 주인공 조처럼 선정적인 단편소설을 써서 가족을 건사했고, 애거서 크리스티는 첫 번째 이혼 후 생계 수단으로 글을 썼다. 나는 늘 잉크 범벅이었던 조의 손과 총을 든 군인들의 손의 차이점을 찾을 수 없다. 글쓰기는 노동이고, 때로 글은 상품이며, 글 쓰는 여자는 기술자다. 나 역시 이 글을 쓰고 월급을 받을 것이고 그 돈으로 월세를 내고 가족을 위한 식료품을 살 것이다.

사실 글이란 세상의 진리를 제시할 수 있는 신성한 존재만 쓸 수 있는 게 아니다. 글쓰기는 처음부터 완성형이 아니다. 누구라도 문제라고 생각하던 것, 흐릿하게 머릿속을 떠돌던 것을 활자로 적으면서 비로소 생각이 정돈되고 또렷해진다. 백지에서 시작해 완성형으로 발전해나가는 것이 글이다. 다른 사람이 쓴 글을 읽는 과정도 마찬가지다. 결혼 후 한동안 현실이 부당하게 느껴지던 감정의 정체를 결혼한 여자들의 모임 '부너미'에서 펴낸 책 《페미니스트도 결혼하나요?》를 읽고 알았다. 글로 쓰지 않았다면 멤버들에게만 공감을 얻었을 이야기가 글로 단단하게 기록되어 결혼한 여자들에게도 페미니즘이 필요하다는 공감대가 생겼다. 글을 쓰겠다는 의지, 글을 쓰면서 적극적으로 사고하는 자신, 완성된 글 모두가 변화를 위한 기초 재료가 된다. 서점가에 연일 진열되는 페미니즘 관련 서적은 여전히 해결되어야 할 문제가 많은 현실을 보여준다. 여전히 우리는 써야 할 이야기가 남아 있다.

얼마 전 오로지 마감일만 있는 글쓰기 모임에 대한 얘길 들은 적이 있다. 서로의 얼굴도 나이도 소속도 모르는 여자들 10여 명은 마감에 맞춰 각자 쓰고 싶은 주제로 글을 쓴다. 글을 쓰면서 풀어내고 싶은 감정을 쏟고 생각을 발전시킨다. 그리고 그 글을 공유한다. 글을 더 잘 쓰기 위한 기술적 조언은 나누지 않는다. 그저 글을 쓴 사람의 상황을 알아가고 공감할 뿐이다. 글을 써서 속이 시원하고, 자신의 마음을 알아주는 사람이 있어 위로가 된다고 했다. 덕분에 이 모임은 친목을 위한 어떤 추가적인 노력 없이 수개월째 이어진다. 글쓰기에는 순수한 효용이 있다.

나는 벗어놓은 양말보다 A4 용지 뭉텅이가 더 자주 밟히는 집에서 자랐다. 시어머니를 모시고 살며 한국 사회가 여자에게 요구한 현모양처의 의무를 그대로 따르던 엄마는 수년간 시문학회 활동을 거쳐 시인으로 등단했다. 그 사실을 몰라도 될 만큼 엄마는 현모양처 역할에 소홀한 적 없지만 틈만 나면 무언가를 쓰고 있었다. 특히 가족이 모두 잠드는 새벽이면 침대 옆 노란 불빛에 의존해 A4 용지 뭉텅이를 붙들고 글을 썼다. 시를 쓰는 일은 돈벌이가 되지도, 명성을 안겨주지도 않았지만 손자를 돌보는 고단한 요즘도 엄마는 글을 쓴다. 얼마 전 내가 도대체 왜 쓰는지 물었을 때 어린 딸에겐 하지 않았던 답을 들려줬다. 이거라도 써야 사는 것 같다고. 글을 썼기 때문에 살 수 있었다고.

여자에겐 사랑이 전부라는 말이 지긋지긋하던 조에게도, 가족을 돌보는 삶만 지속되는 엄마에게도 글쓰기는 여자에게도 감정만이 아니라 생각과 영혼이 있음을 보여주는 행위였다. 순응하며 사라지길 거부한 투쟁이었다. 글을 쓰는 건 가부장제가 지운 자신의 이름을 되찾는 일이다.

엄마가 수도 없이 새웠던 새벽, 작가들이 꼼짝 않고 자신을 들여다봤던 새벽에 나는 이 글을 쓰고 있다. 예전이나 지금이나 결혼과 가사는 여자들의 글쓰기의 끊임없는 방해물이다. 시몬드 보부아르는 가사를 일절 거부하며 호텔에 살았고 제인 오스틴은 소설을 쓰기 위해 결혼하지 않았지만 세상을 움직인 수많은 글은 줄일 수 있는 게 자신의 잠밖에 없었던 작가들의 사투로 탄생했다. 새벽 3시, 글 쓰는 여자들의 시간이 흐른다. 새버린 잉크병과 펜 대신 스마트폰과 노트북이 놓여 있다. 여자들의 글은 어디든 가닿을 수 있다. 여자들이 개척한 시간이 지나간다.

야망의 눈동자

내 이름 '조소현'은 평범하지만 한 글자씩 뜯어
보면 웃긴 구석이 있다. 중간 글자의 한자가 '작을 소(小)'이기 때
문이다. 부모님은 말씀하셨다. "네가 남자 사주를 타고나서……
좀 눌러줄 필요가 있었어. 네 오빠랑 사주와 성격이 반대였으면
좋았을 텐데." 오빠는 목소리가 작았고 나는 목소리가 컸다. 오
빠는 공부에 욕심이 없었고 나는 오빠보단 많았다. 오빠는 되고
싶은 게 없었고 나는 돈 많은 사장님도 되고 싶고, 말 잘하는 변
호사도 되고 싶었으며, 사회 정의를 구현하는 기자도 되고 싶
었다. 어느 선배는 이런 얘길 들려줬다. "초등학생 때 얼결에 학
생회장이 됐는데 아버지가 그러셨지. '내가 아들만 있었어도 학
생회장은 남자만 할 수 있다는 법을 만들게 했을 텐데.'" 사주가
'눌린' 탓인지 내 머릿속에서 '성공' 같은 단어는 작아졌고, '작을

소 효과'로 키도 딱히 자라지 않았다.

우리 사회는 잘난 여자를 싫어한다. 뛰어난 여자도 싫어한다. 거대한 포부가 있거나 야심만만해 성공할 가능성이 있는 여자도 싫어한다. 이들은 드세고 공격적이고 위협적인 존재가 된다. 한 친구는 회사에서 일을 가리지 않고 주도적으로 해낼 때마다 "임원이라도 되시게요?", "너무 독하다", "욕심이 많네" 같은 소리를 듣는다. 물론 남자 동기가 똑같이 했을 때 "능력 있네"라고 칭찬받는 걸 목격한 적이 있다. 같은 회사의 유일한 여성 임원은 직원들 사이에서 '성공을 위해 물불 안 가리는 못돼먹고 표독스러운 냉혈한'으로 포지셔닝되어 있다고 했다. 수두룩한 남성 임원은 그냥 '임원'이거나 '타고난 리더'다. 여성은 '최연소 이사', '연봉 2억 원' 등 실제 커리어상의 사실을 숨기거나 주저하지 않고 그대로 말해도 미움을 산다. 여자의 야망은 선을 넘은 과욕이고 남자의 야망은 멋진 것이다. 덕분에 여자는 자기 가치를 모르고 남자는 자기 분수를 모른다. 전설의 슬로건 "보이스, 비 앰비셔스(Boys, be ambitious)"는 세상의 수많은 소년이 이글이글 야망을 품도록 부채질했지만 영어 표현 '앰비셔스'와 '보시(bossy)'를 여성에게 사용할 때는 부정적 의미를 잔뜩 띤다. 패션 디자이너 토리 버치조차 이와 같은 이중잣대에 고통받았다고 고백한 바 있다. '토리 버치'를 론칭해 괄목할 만한 브랜드로 키워내자 그녀는 어느새 '지나치게 갈망하고, 지나치게 권력을 추구하며, 지나치게 야망이 큰 사람'이 되어 있었다.

남자만 여자를 그렇게 볼까? 그렇지도 않다. 미국 컬럼비아 대학교에서 진행한 실험이 있다. 두 개 설문 그룹에 똑같이 성공한 벤처 투자자의 신상 정보를 나눠주며 이름만 '하워드'와 '하이디'로 다르게 알려줬다. 설문 참가자들은 '하워드'와 '하이디' 모두 유능하다는 점을 인정했지만 하워드는 '인간적이고 매력적이고 함께 일하고 싶다'고 판단한 반면 하이디는 '공격적이고 편법을 쓰며 이기적이다'라고 평가했다. 정말 놀랍지 않나? 중성적 이름 '헤이든'으로 개명하든지 대리인을 내세워 성공해야 할 지경이다. 우리 사회는 야망 있는 여자를 어두운 침실에서 방황하는 모기 소리만큼이나 못 견딘다.

"하고 싶은 건 뭐든지 해라"라고 말씀은 하셨지만 '너무 튀거나' '너무 강하면' 안 되고 '여자는…… 이래야 한다'를 늘 입에 달고 계셨던 우리 부모님을 비롯해 교사, 이웃, 친척, 그리고 대중매체로부터 나는 끊임없이 세뇌당한다. 자신을 낮추고 유순한 것이 여성스러운 것이고 누군가를 돌보고 보조하는 것이 여성의 역할이라는 고정관념이다. 일상에서 일어나는 성 불평등 경험담을 나누는 사이트 'everydaysexism.com'에서는 풍선처럼 부풀어 오르던 여성의 꿈에 바람을 빼는 세상의 목소리를 너무 쉽게 찾아볼 수 있다. "엄마는 내가 주장이 너무 강해서 남자에게 인기가 없을 거라고 늘 말씀하셨다. 3세부터 그 소리를 들은 것 같다." "13세 때 선생님들에게 나중에 엔지니어가 되고 싶다고 말했다. '그건 너무 복잡하지 않니? 여자는 보통 그런 일을 안 하는데.' 나는 우리 반에서 수학을 제일 잘하는 학생이었다." "나는 멕시코에 산다. 이 나라 사람들은 '넌 입을 다물고 있을 때가 더 예뻐'라는 말을 자주 한다. 교수가 우리 반 학생들에게 이 말을 몇 번이나 했는지 셀 수도 있다." 절대 1970~1980년대를 살았던 소녀의 경험담이 아니다. 지금도 현재진행 중인 현실이다.

소설가 제시카 놀은 〈뉴욕 타임스〉에 게재한 칼럼에서 밀레니얼 세대는 동시에 추구하기 힘든 가치를 강요받는다고 적은 바 있다. "나는 늘 여성으로서 내게 기대되는 것과 나 자신이 스스로에게 기대하는 것 사이에서 씨름해왔다. 밀레니얼 세대의 여성성에는 상충하는 메시지가 있다. 야망을 갖되 보스처럼 굴어서는 안 되고, 강하되 날씬해야 하고, 솔직하게 공손해야 하고, 여자의 적은 여자라는 문화적 편견 하에서 여성 동료의 성공에 일조해야 한다. 남자가 돈과 권력을 추구하는 방식대로 공격적으로 돈과 권력을 추구하는 여성을 나는 소설에서만 그릴 수 있었다. 자신에게 주어진 쥐꼬리만 한 것을 지키기 위해 살인을 저지르는 여성 말이다." '너무 잘난 여성은 부담스럽다'며 자신을 낮출 것을 강요하던 사회는 이제 세상이 변하지 않았느냐며 "왜 남자처럼 야망을 갖지 않고 현실에 안주하려고 하느냐"고 탓까지 하기 시작했다. 사회나 가정에 경제적으로 일조하되 도드라지게 잘나서는 곤란하다.

　나름대로 희망찬 소녀였던 나는 사회에 나와 완벽한 '쭈구리'가 됐다. 처음 정규직 제안을 받았을 때 "저 같은 애도 괜찮으시겠어요?"라고 되물었고, 경력이 쌓여 승진할 시점이 왔을 때 "제가 무슨 차장이에요. 지금도 괜찮아요"라고 말했고, 팀장 자리를 권유받았을 때 "글쎄요, 그냥 서포트하는 역할이 저에게 잘 맞아요"라고 대답했다. 칭찬이라도 받으면 "어우, 남들도 다 하는 건데요, 뭐"라며 손사래를 쳤다. 끊임없이 내가 가진 능력을 의심하고 지레 나 자신을 끌어내렸다. 승진하려고 애쓰는 여자 선배를 볼 때면 동기들끼리 "난 저렇게 나이 들지 않을 거야. 추하게 뭘 저렇게 자리에 집착하냐. 때 되면 내려놔야지" 하고 수군거렸다. 사실 나는 사회생활을 하며 내 성격이 소심해졌다고 생각했지, 외부로부터 자신을 낮추라는 메시지를 은연중에 주입

받았다는 생각조차 하지 못했다. 한편 어느 선배는 여성으로서 정체성을 부정하는 길을 택했다. 어릴 때부터 '남자는 더 좋은 것'이라는 막연한 생각에 사로잡혀 남자 마인드로 살았다. '여성적인 것'을 모두 거부했는데 가령 치마를 입으라고 하면 기함했고 사내아이 같은 말투를 썼다. 이로써 그 선배는 "쟤는 여자가 아니야. 완전 남자야" 같은 평판을 이끌어냈고 '예외' 취급을 받으며 오히려 자유롭게 살았다.

작가 제시카 발렌티는 저서 《그런 이중잣대는 사양합니다》에서 여성 상사를 '독사'라고 부르는 것은 교묘한 전략이라고 말한다. 힘 있는 자리가 여성에게 매력적으로 느껴지지 않도록 하려는 사악한 의도가 담겨 있다는 것이다. 이런 사회적 평판은 힘 있는 자리에 오른 여성을 위축시킨다. 그녀는 여성 상사를 남자 같다고 하는 것 역시 '여성다운 동시에 힘 있는 자리에 오를 수는 없다'고 세뇌시키는 것이라고 말한다. 힘 있는 자리는 본질적으로 '남성의 자리'라고 규정하는 전략이다. 가부장제를 유지하기 위해 모성 신화를 만들어낸 세상에서 우리는 여전히 조금도 나아가지 못했다.

토리 버치는 〈뉴욕 타임스〉 인터뷰 중 기자로부터 '야심적(ambitious)'이라는 말을 듣고 매우 불쾌했는데 그것부터 잘못된 생각이라는 것을 깨닫고 #EmbraceAmbition 캠페인을 시작한 바 있다. 기네스 펠트로, 리즈 위더스푼, 안나 윈투어를 비롯해 명사 수십 명이 동참했다. 그들의 입을 통해 듣는 "야망은 나쁜 말이 아닙니다", "여자는 야심가로 태어났어요", "사과하지 마세요", "야망이 있는 건 섹시한 겁니다" 같은 문장은 항상 당당해 보였던 그들도 필요를 느꼈으리라는 지점에서 더욱 유의미했다. CEO든 주부든 모든 일에 야심차게 임하도록 격려하기 위해 토리 버치는 1년에 두 번 임브레이스 앰비션 서밋(Embrace Ambition Summit)을 개최한다. 여전히 야망 있는 여성은 매력적이지 않거나, 위협적이라는 고정 관념이 있기에 이 행사는 계속 이어지는 중이다. 한 인터뷰에서 토리 버치는 여성들에게 "얼굴에 철판을 까세요!"라는 조언을 남겼는데, 부정적인 의미의 '철면피'가 우리에겐 조언을 해야 할 만큼 부족한 지점임을 보여주는 방증이었다.

여전히 나는 '야망'보단 '목표'란 표현이 편안하고 높은 자리를 탐내서는 안 될 것만 같다. 하지만 이제 적어도 자기 비하는 그만두려고 한다. 어떤 자리에 올랐다면, 고개를 쳐들진 않더라도 내려다보진 않으려고 한다. 아티스트 제니 홀저는 "여자가 일에 빠져들거나 그런 삶을 갖는 건 남자들의 세상을 쉽지 않게 만들거나 가능하지 않게 합니다. 개인적 문제를 넘어 국경을 초월한 사회적 문제이기에 지금 당장 해결이 필요해요"라고 말했다. 그녀의 작품 〈소년과 소녀를 같은 방식으로 키워라(Raise boys and girls the same way)〉, 〈이기심이 가장 기본적인 동기다(Selfishness is the most basic motivation)〉가 머릿속을 스친다. 일단 이름의 '작을 소'부터 어떻게 해봐야겠다. '웃을 소(笑)'도 좋겠다.

기울어진 도시

나는 '키 157센티미터의 여성'이다. 십수 년째 내 다리는 허공에 둥둥 떠 있다. 이직으로 네댓 번 사무실을 옮겼지만 한 번도 의자에 앉은 채 육지를 밟지 못했다. 회사에 내 몸에 맞는 책상과 의자를 요구하는 대신 탄탄한 발받침을 구했다(숱한 셀프 테스트 결과 A4 용지 묶음을 블록처럼 사용해 높이를 맞추는 게 가장 효과적이라는 결론을 얻었다). '키 157센티미터의 임신한 여성'이 되었을 때는 팔다리가 아무리 퉁퉁 붓고 저려도 편히 올려놓고 주무를 공간이 없다는 걸 깨달았다(내 손으로 내가 주무를 공간이다). 출산하고 돌아온 동료는 유축 공간이 여자 화장실 세 칸 중 한 칸뿐임을 알았을 때 즉각 단유를 결정했다.

사무실의 비극은 '175센티미터 남성'이라는 조건을 벗어난 자들에게 일어난다. 몇 년 전 밝혀진 사무실 에어컨 적정 온도의 비밀을 기억하는지. 네덜란드 어느 의대는 사무실 에어컨 온도가 남성의 신진대사율에 맞게 설정되어 있어 여성 대부분이 춥게 느낀다는 연구 결과를 내놓았다. 여자들의 의자에만 카디건이 걸쳐 있던 오랜 미스터리가 풀린 셈이다. 사무실이라는 공간에서 여성은 '경제성'이라는 목표에 손쉽게 희생되어 크고 작은 불편을 겪어왔다.

여성 전용 공유 사무실이 등장과 동시에 여자들의 뜨거운 지지를 얻은 건 예견된 바였다. 코로나의 유행과 정체성에 반하는 운영으로 결국 문을 닫긴 했지만 '더 윙(The Wing)'은 여성이 원하는 것을 이룰 수 있도록 설계한 사무실이자 커뮤니티였다. 핑크빛 디자인 체어, 아보카도 토스트를 제공하는 카페, 샤넬 제품을 갖춘 메이크업 룸, 사적인 전화 통화를 위한 1인실은 물론 엄마가 일하는 동안 아이를 봐주는 시터 프로그램, 놀이방과 수유실은 감격스러울 정도였다. '헤라 허브(Hera Hub)'는 처음부터 스파의 미학으로 오감을 만족시키는 공간을 콘셉트로 잡았고(긴장을 풀어주는 아로마향이 가득하고 귓가에서는 새소리가 들린단 얘기다) 수많은 여성이 사업을 시작하고 성장할 수 있도록 지원하는 프로그램을 갖췄다. '뉴 위민 스페이스(New Women Space)', '메이크 레모네이드(Make Lemonade)' 등 여성을 위한 공유 사무실이 제공하는 서비스 면면을 보며 나는 지금까지 몸담았던 사무실이 얼마나 내게 물심양면으로 불친절했는지 새삼 실감했다.

유리 천장, 성별에 따른 임금 차별과 같은 이슈에 비하면 사무실 가구나 집기, 편의 시설 같은 물리적 조건의 문제는 사소해 보인다. 하지만 인지하든 그렇지 않든 환경은 우리가 생각하고 행동하는 모든 것에 영향을 미친다. 몸에 맞지 않는 사무 집기, 컨디션에 악영향을 끼치는 환경은 출발선부터 차이가 난다. 자신에게 최적화된 사무실에서 출근과 동시에 업무에 돌입하는 '평균' 범주에 든 남성과 작은 몸집을 탓하고 허리를 두들기며 일하는 여성의 업무 집중도가 같을 수 있을까. 다음과 같은 예시는 어떤가. 성인 남성의 손 크기에 맞춰 설계된 수술 도구로 수술하는 여자 외과 의사들의 수술 정확도는 어떨까. 여자 의사들은 그 오차를 줄이기 위해 무던히 노력하지 않겠는가.

물리적 환경은 결코 사소하지 않다. 게다가 환경으로 인해 불편을 느낄 때 우리 대부분은 스스로를 탓한다(만성 허리 통증에 시달리던 나는 나쁜 자세를 반성하며 사비로 척추 보호 의자를 구입했다. 그리고 상사로부터 유난스럽다는 핀잔을 들었다). 평균에 미치지 못한다는 끊임없는 환기는 부지불식간에 자존감에 영향을 미친다. 말콤 글래드웰은 《티핑 포인트》에서 "외적 환경은 미처 인지하지 못하는 방식으로 우리의 내적 상태를 만든다"고 했다. 우리는 물리적 환경의 영향에서 절대 벗어날 수 없다.

건축과 디자인에 얽힌 편견과 차별에 목소리를 내온 건축가 캐스린 H. 앤서니는 저서 《좋아 보이는 것들의 배신》에서 소수자를 외면한 디자인의 문제점을 밝힌다. 여성을 고려하지 않은 디자인의 대표적인 예로 오하이오주 법원의 유리 계단을 제시한다. 유리 계단은 미학적으로 아름답다고 호평을 받았지만 여성들의 치마 속을 볼 수 있는 최적의 장소로도 떠올랐다. 치마를 입은 여자는 법원 예상 이용객의 범주에 없었다. 이 법원에서 일하는 여자들이 과연 업무에 집중할 수 있을까. 법원을 방문할 때마다 계단을 이용하지 못하는 불편함을 겪으면서 동시에 존중받지 못한다는 기분에 휩싸일 것이다. 이와 같은 공간이 담고 있는 함의는 결코 평평하지 않다.

캐스린 H. 앤서니는 앞서 말한 인체 사이즈를 고려하지 않은 의자의 위해성에 대해서도 목소리를 높인다. 인체 사이즈에 맞지 않는 의자에 앉아서 일하는 건 흡연만큼 건강에 해롭다고 경고한다. 우리나라 노동환경건강연구소에서도 한국에서 제작·판매되는 사무용 의자와 책상 대부분이 남성을 기준으로 만들어졌음을 밝힌 기사를 내놓은 적이 있다. 수년 전 기사임에도 여전히 여성의 신체에 맞는 책상과 의자 제작을 권고하는 움직임이라든지 어떤 규정도 찾아볼 수 없다. 오직 온라인 카페에만 사무용 의자의 불편함을 토로하는 개인의 글이 보인다. 질문은 다음과 같다. '아동용 의자 사용해본 성인 여성 있으신가요?' 사무실 내 화장실 개수는 또 어떠한가. 볼일 보는 방식의 차이에도 항상 동일한 면적으로 남녀 화장실을 설계하여 여자들은 상대적으로 긴 시간 대기하는 불편을 겪곤 한다.

사실 여성 전용 공유 사무실도 인체공학적으로 여성을 위해 완벽하게 설계되었다고 보긴 힘들다. 하지만 일하는 여성이 자신의 필요만 생각하며 설계한 공간이 얼마나 편리하고 아름다워질 수 있는지 보여준 것 같다. '여성 전용'은 곧 '여성을 위한'을 의미한다. 불편함을 애써 감수하는 대신 일하는 데 필요한 공간과 커뮤니티를 여자들 스스로 구축하기 시작했다는 데 의의가 있다. 실제로 펠레나 핸슨은 교통사고를 당한 후 집에서 일하다가 침실은 혁신을 위한 아이디어를 떠올릴 환경이 아니라는 생각에 헤라 허브를 창업했다. 이들 사무실은 핑크빛 가구로 둘러싸인 예쁜 공간에 그치지 않는다. 비슷한 고민을 가진 사람들끼리 교류하고 에너지를 얻고 업무를 확장 혹은 발전시킬 수 있는 새로운 기회를 잡는 공간으로까지 나아간다. 여성 전용 공유 사무실에서는 상시로 클래스, 소모임, 파티가 열리고 서로가 서로의 든든한 동지가 되어준다. 애초에 위워크 같은 공유 사무실이 단순히 사무실 대여가 아니라 새로운 네트워크의 장을 내세워 성공했듯, 여성 전용 공유 사무실도 여성들의 든든한 커뮤니티가 동력이 된다. 물리적 공간을 통해 네트워크가 생기고, 네트워크는 물리적 공간을 지탱한다.

영화 〈나인 투 파이브〉에는 성차별을 하는 상사 때문에 인생이 고단한 커리어 우먼 세 명이 등장한다. 상상 속이지만 의기투합해 상사에게 벌을 내리고 사무실을 위한 개혁으로 유연 근무제와 직장 어린이집을 주창한다. 그리고 마지막 장면에서 책상으로 빽빽하게 들어차 있던 회색 사무실을 부수고 책상과 파티션을 자유롭게 배열한 뒤 초록빛 화분을 가득 들여온다. 앙리 르페브르가 말한 "새로운 사회적 관계가 새로운 공간을 요구하고 새로운 공간이 새로운 사회적 관계를 낳는다"는 걸 몸소 실천한 통쾌한 결말이었다. 공간에 끼워 맞추는 게 아닌, 사람이 공간을 지배할 때 비로소 주체성을 가질 수 있다. 이 원고 역시 나의 신체 사이즈에 맞는 의자에 앉아서 썼다면 좀더 빠른 시간 안에 완성할 수 있었을까? 그랬을 것 같다.

병을 병이라 부르지 못하는 병

업무상 양해를 구해야 할 때는 납득할 만한 이유가 있어야 한다고 생각하는 주의라 병원에 가야 할 일이 생기면 상사에게 구체적인 상황을 보고한다. "충치가 생겨 치과에 다녀오겠습니다", "계단에서 미끄러져 정형외과에 가봐야 할 것 같아요"처럼. 하지만 산부인과에 가야 할 때 고유명사는 대명사가 되고 소신 따위도 흐지부지된다. 똑 부러지던 문장은 이렇게 바뀐다. "병원 들렀다 출근할게요."

문득 10년 전 풍경이 떠오른다. 그때도 나는 '당신이 산부인과에 가야 하는 이유', '질염은 감기와 같은 것' 같은 기사를 매달 써댔는데 정작 후배는 자궁에 생긴 염증 때문에 산부인과에 다녀온 후 편집장으로부터 "결혼도 안 한 어린애가 어쩌다가……"라는 말을 들었다. 혹시 세상이 바뀌었나 싶어 25세 후배에게 물었더니 다음과 같은 대답이 돌아온다. "이제 산부인과에 다니지 않는 친구는 없어요. 하지만 굳이 다른 사람에게 말하진 않죠. 엄마도 뭐 좋은 일이라고 남들한테 말하냐고 하세요. 남자애들한테 말하면 '그런 게 자꾸 왜 생겨? 관계할 때 제대로 신경 안썼어?' 같은 대답이 돌아와요. 반박하기도 지쳐서 그냥 입을 다물고 말죠." 지금 나는 질염을 감기처럼 달고 산다는 이유로 "성관계가 문란하시네요"라는 말을 듣는다고 한들 정신적으로 타격이 없을 만큼 여성 질병에 대한 지식이 쌓여 있다. 출산 경험이 있는 기혼 여성이기에 자궁이나 생식기에 병이 생겨도 사람들의 호기심 어린 시선을 받지 않는다. 그럼에도 앞서 밝혔듯 여성 질환을 드러낼 때 일말의 망설임을 느낀다. 여성 질환은 감춰야 하는 것, 은밀한 것, 부끄러운 어떤 것으로 느끼게끔 하는 사회에서 성장했기 때문이다. 왜 그래야 하는지 생각해본 적도 없었다. 그냥 모두 그랬으니까.

이렇듯 어떤 질병에는 사회적 시선과 편견이 달라붙는다. 신경정신과 질환을 둘러싼 사람들의 시선은 더 폭력적이다. 우울증과 공황장애에 시달리는 지인은 과거 회사에서 병명을 밝혔다가 사람들이 자신을 뒤에서 '정신병자'라고 부른다는 사실을 알게 됐다. 이후 이직한 회사에서 그녀는 절대 아프다는 걸 드러내지 않는다. 사람이 많은 장소에 가면 심장이 쿵쾅거리고 숨이 쉬어지지 않아 엘리베이터를 타지 못하고 20층 사무실까지 계단으로 걸어 다니면서도 약봉지는 가방 깊숙이 숨겨놓는다고 했다. "정당하게 업무상 화를 내도 정신병이 있어서 화낸다고 할 것 같았거든요. 당시 파트장으로 승진한 지 얼마 되지 않은 시점이었는데 부하 직원들이 내 말을 듣지 않을까 봐 그게 제일 무서웠어요. 인사상 불이익을 당할 것 같았고요. 최근 몇 년 사이 정신 질환에 대한 사회적 인식이 바뀌긴 했죠. 친구들 사이에서는 진심 어린 걱정을 받을 수 있을지 몰라도 회사에서도 그럴까요? 약을 먹든 말든 질병을 드러내지 않고 그저 업무에 차질을 빚지 않길 바라지 않을까요?"

신경정신과 질환을 둘러싼 가장 큰 편견은 '정신력이 약하다'는 것이다. "저 정도 스트레스도 못 견뎌서 어떻게 사회생활을 해?", "멀쩡해 보이는데 진짜 아픈 거 맞아?", "왜 그렇게 예민해? 좀 둥글둥글하게 해" 같은 말들. 하지만 정신 질환의 대부분은 뇌에 이상이 생긴 것이고 의사들은 약물 치료를 해야 하는 병이라고 강조한다. 뜨끈한 방에서 이불을 뒤집어쓰고 땀 한 바가지 흘리면 감기 몸살을 떨쳐낼 수 있다고 믿는 대한민국에서 정신 질환은 각자 '정신'이 해결해야 할 일로 여겨진다. 한때 베스트셀러 자리에서 내려올 줄 몰랐던 책《죽고 싶지만 떡볶이는 먹고 싶어》의 인기는 정신과 치료를 궁금해하지조차 못하던 사람들이 그만큼 많았음을 보여주는 결과였다.

타인의 관심은 결국 '왜 걸렸나?', 즉 질병의 원인에 집중된다. 평생 연애를 안 해서 자궁암에 걸렸다, 스트레스를 제때 안 풀어줘서 우울증을 달고 산다는 식의 이야기. 서사 속에서 원인 제공자는 늘 병에 걸린 당사자다. 질병은 자기 관리로 피하거나 노력으로 이겨낼 수 있는데 개인이 잘못해서 병에 걸렸다고 생각한다. 얼마 전 사촌 동생이 갑상선암 판정을 받았을 때 부모님은 말씀하셨다. "어려서부터 그렇게 안 먹고 삐삐 마르더니만 결국……." 갑상선암과 '마른 몸'은 대관절 무슨 연관성이 있을까.

이렇게 사고하게 된 역사는 깊은데 시간을 거슬러 올라가면 '질병은 잘못한 인간에게 신이 내린 천벌'이라는 믿음에까지 다다른다. 고대 종교에는 잘 못 살아온 결과 질병을 얻었다는 인과응보 스토리가 존재했다. 16~17세기에는 행복한 사람은 페스트에 걸리지 않는다 여겼고 19세기에는 과도한 활동과 긴장 때문에 암에 걸린다고 믿었다. 이런 사고는 질병에 걸린 개인이 스스로를 탓하게 만들고 자신의 병을 부정하게 만든다. 그래서 우리 사회에는 숨겨야 할 병이 생긴다. 개인의 허물은 덮어야 하는 성질의 것이기 때문이다.

정신건강의학과를 배경으로 한 넷플릭스 시리즈 〈정신병동에도 아침이 와요〉에서 주인공은 공황장애로 고통을 받고 있으면서 왜 주변에 말하지 않았냐는 질문에 이렇게 답한다. "에이. 쪽팔리잖아요. 몸이 아픈 게 아니라 정신이 아픈거니까 내가 내 정신 하나 컨트롤 못 하는 나약한 놈으로 보이잖아요." 아픈 사람이 질병을 질병으로 보지 못해서 병은 깊어져만 간다.

수전 손택은 저서《은유로서의 질병》에서 사람들이 질병을 대하는 태도를 신랄하게 비판한다. 대표적으로 결핵과 암을 꼽으며 우리가 얼마나 이런 질병을 신화로 만들어놓았는지 밝힌다. 왜 결핵이 아름답고 숭고한 병이 되었는지, 왜 암은 공포의 대상이 되었는지, 왜 우울증은 남다른 데가 있는 감성적이고 창조적 존재가 걸리는 병으로 여겨졌는지 증거를 찾아간다. 증거는 대부분 문학가들에게서 발견된다. 이들은 죽음조차도 결핵은 기품 있고 평온하게, 암은 수치스럽고 고통스럽게 묘사하곤 했다. 손택은 신체에 가해진 해석에 반대한다. 질병을 둘러싼 은유는 어떤 질병에 낙인을 찍으며 좀더 나아가서는 질병을 앓는 사람들에게 낙인을 찍어놓는다고 말한다. 하지만 그녀의 이성적이고 지성적인 목소리에도 질병을 둘러싼 은유는 치료 방법이 발달할 때도 대상만 바꿔가며 꾸준히 발전해왔다.

질병과 관련된 엄청난 분량의 자료를 뒤지다가 발견하게 된 불편한 진실도 있다. 여성 질환과 정신 질환은 의학적으로 연구가 가장 소홀하던 분야다. 1990년까지도 의학은 '성인 남성'을 기준으로 연구돼왔다. 연구소의 실험용 쥐조차 수컷이었다. 여성학에서는 과거 의학이 남성과 여성의 몸은 임신, 출산의 생리적 기능을 제외하고는 대체로 동일하다고 가정했다고 비판한다. '정상적인 몸'은 '성인 남성의 몸'이라는 전제는 수많은 오류를 낳았다. 여성들의 질병은 잘 드러나지 않았고 잘못 치료하는 경우도 많았다. 지금에서야 "오늘날에도 여성이 남성에 비해 효과적인 진통제를 받을 가능성이 낮다"거나 "여성에게 건강염려증이 있다는 편견 때문에 섬유근육통, 외음부통 등 여성들이 많이 걸리는 병은 정신병학적으로 간주하며 의학적으로 연구하지도 않는다"고 보도하는 뉴스는 의료 산업이 여성의 고통을 무시해온 오랜 역사가 있음을 말한다.

돌이켜보면 나 역시 유독 여성 질환에 걸렸을 때 21세기 현대인이 납득할 수 없는 말을 들었다. 자궁경부암 바이러스를 검사한 후 "○×번, ××번, ×○번에 이상 소견이 있습니다. 하지만 아직까지 치료법은 없습니다"라는 말을 들었고, 질염에 시달릴 때면 가드네렐라, 우레아플라스마 따위의 발음하기도 힘든 바이러스명이 진단서에 적혀 있었지만 그 원인에 대해 속 시원한 대답을 들어본 적이 없다. 1년 넘게 월경이 멈추지 않았던 지인도, 바늘로 찌르는 듯한 통증을 동반한 배란통에 시달리던 또다른 지인도 늘 병원에서 "별다른 이상이 없다"는 진단을 받았다. 여자들의 몸에는 '의학적으로 설명이 안 되는 일'이 자주 일어난다. 인터뷰로 만났던 〈피의 연대기〉 김보람 감독은 월경에 대한 연구의 역사가 짧아서 정말 놀랐다고 말했다. 글로리아 스타이넘은 저서 《남자가 월경을 한다면》에서 남자가 월경을 했다면 의사들은 심장 마비보다 생리통에 대해 더 많이 연구했을 것이라며, 월경은 남자들만 누릴 수 있는 권리이자 권위의 표상이 되었을 것이라고 상상했다. 질병으로부터 스토리텔링을 걷어내기 위해서는 그저 의학적 진단과 치료가 필요하다. 여성의 질병은 의학에서 우선순위로부터 밀려났고 무지는 편견이 들어설 수 있는 여지를 제공했다.

질병에 편견은 끈질기게 달라붙어 있지만, 누구나 아플 수 있고 아픈 데는 '백만스무' 가지 이유가 있으며 아픈 건 누구의 잘못도 아니다. 연세신경정신과 손석한 원장은 "병은 혼자서 이겨내야 하는 것이 아닙니다. 편견이 심한 병일수록 이해해주는 사람이 드물고 그렇기 때문에 순수하게 이해해주는 사람이 있다면 치료에는 말할 수 없이 큰 도움이 됩니다. 혼자가 아니라는 느낌이 중요합니다"라고 말했다.

타인의 시선 때문에 치료 시기를 놓쳐 더 아프고 싶지 않다. '말 못 할 고민, 질염' 같은 기사 제목도 더는 보고 싶지 않다. 자궁근종을 자궁근종으로, 공황장애를 공황장애로 정확히 밝힐 수 있는 사회를 원한다. 유방암, 자궁암으로 오랜 시간 투병한 수전 손택은 말했다. "질병은 그저 질병이며, 치료해야 할 그 무엇일 뿐이다."

먹는 게 죄라면

친구들과 맛집에 갔다. 하루 50개만 한정 판매한다는 군만두, 표면이 바삭하면서도 내면에는 육즙을 가득 품은 탕수육, 저 멀리 뱃고동 소리가 들리는 듯 펄떡이는 해산물을 볶아낸 팔보채를 게걸스럽게 먹어치웠다. 종일 노동으로 누적된 허기가 사라지자 늘 그랬듯 서로를 자세히 뜯어보며 "넷 다 정말 포동포동 살이 쪘구나"라고 말했다. "오늘 너무 먹었네. 내일은 한 끼만 먹어야겠다." 전생에도 들은 익숙한 자책 레퍼토리를 시작하는 친구의 허벅지에 더덕더덕 붙은 살점이 보였다. 배가 눌리며 팬츠 위로 튀어나온 살도 보였다. 우리는 깔깔거렸지만 웃을 때 생기는 턱살도, 덜렁거리는 살점도 보기 싫었다. 요즘 나는 운동을 위해 다니는 수영장 탈의실에서 늘어지고 틀어진 진짜 우리 몸을 볼 때마다 차라리 눈을 질끈 감고 외면하고 싶다.

나는 식욕과 다이어트를 두고 평생 치열한 싸움을 벌여왔다. 여성의 80퍼센트는 자신이 뚱뚱하다고 여긴다는 통계가 있고 나도 나를 뚱뚱하다고 여긴다. 날씬한 몸은 사회가 심어놓은 강박에 불과하다고 논문 한 편은 써낼 수 있을 것 같은데, 실제로는 그 강박에서 한 치도 벗어날 수가 없다. 게다가 유감스럽게도 식탐이 강하고, 욕망에 따라 음식을 찾아다니며, 먹고 나서 후회한다. 매일 당연히 먹어야 하는 끼니, 그러니까 쌀밥에 미역국과 반찬 두어 가지를 곁들여 먹으면서도 죄책감을 느낀다. 머릿속에서는 '왜 남들처럼 하루 한 끼만 먹지 않고 세 끼를 다 먹을까', '반찬을 자주 집어먹는 습관은 정말 고쳐야 해' 같은 자책의 문장이 주식 시세 전광판처럼 흘러간다.

철학자 샌드라 리 바트키는 "여자는 항상 익명의 규율에 감시당하고 있어 늘 몸을 의식하고, 형태와 중량과 몸 선의 모든 미묘한 차이에 주의를 기울인다"고 했다. 그의 말처럼 규율을 어길 때는 다른 누구도 아닌 스스로가 혹독한 징계를 내렸다. 셀프 지옥은 6시 이후 아무것도 먹지 않기, 한 시간 러닝, 다이어트 약 섭취 등으로 이어졌다.

각기 다른 가정에서 자랐음에도 여자들에게는 뚱뚱한 몸을 혐오하게 되는 놀라울 정도로 유사한 역사가 있다. 주어진 밥을 먹고 더 먹고자 했을 때 돌아온 "그만 먹어! 돼지니? 살쪄!" 같은 외침, 음식에 뻗는 손을 물리적으로 저지당했을 때 느낀 수치심을 기억한다.

엄마가 내 몸무게에 신경 쓰기 시작했을 때 내 나이는 열 살이었다. '통통하고 귀엽다'가 들을 수 있는 최대 칭찬이던 그때 엄마는 나를 체육센터 수영장과 동네 상가 무용학원에 보냈다. 날씬한 몸이 사회에서 발휘하는 위력을 경험한 그 시절 엄마들은 딸의 몸무게에 민감했다. "여자는 평생 관리해야 해. 안 그러면 순식간에 망가진다" 같은 당부는 엄마 스스로를 향한 다짐이기도 했다. 회사를 운영하던 아버지는 살찐 직원에 대한 험담을 식사 자리에서 종종 꺼냈다. 성장의 시대를 살아낸 그에게 살이 찐다는 건 게으름, 의지박약의 증거였다. "다 좋은데 그 직원은 살이 쪄서" 안 되었다. 어리고 미성숙했던 나는 살찐 몸에 대한 혐오를 공기처럼 마시고 자랐다.

나이가 들고 여자로서 성적 대상화될 일이 줄어들며 비로소 외모 강박에서 벗어났다는 지인들이 있다. 그들은 커다란 검정 패딩 속 자신에게 아무도 관심을 갖지 않게 되자 비로소 여자가 아닌 사람이 된 것 같았다고 했다. 비슷한 상황이지만 나는 아직 내 몸을 사랑할 수도, 관대해질 수도 없다. 썩은 동아줄임을 알지만 "그럼에도 불구하고 마른 몸"이라는 허울을 놓을 수가 없다. 사회가 원하는 외모 중 적당히 마른 몸은 엄청난 대가를 치르지 않아도 도달할 수 있는 유일한 경지다. 그저 먹고 싶은 걸 참으면 되니까. 먹고 싶은 만큼 먹지 않으면 되니까.

나는 맛있는 음식 먹기를 너무 좋아했고 그렇기 때문에 먹는 모습으로도 주변의 감탄을 받곤 했다. "조그만 애가 어쩜 그렇게 많이 먹니? 신기하다, 신기해", "잘 먹어서 보기 좋다. 맥주를 진짜 꿀꺽꿀꺽 맛있게 마신다니까?" 같은 말을 듣는 내 몸은 뚱뚱해서는 안 됐다. 그리고 지금은 '아이를 낳았지만 언제 그랬냐는 듯 마른 몸', '어떤 음식이든 맛깔나게 먹지만 마른 상태'에 대한 갈망을 내려놓을 수 없다. 그나마 뚱뚱해지지 않기라도 해야 나를 미워하지 않을 수 있다. SNS에 '셀카'를 올리지도, 몸 선이 드러나는 옷을 입지도 않으면서 다이어트에 집착하는 건 "와, 정말 애 엄마로 안 보여요!"라는 반응을 들었을 때 얄팍하게 차오르는 자부심 때문이다. 그러니까 남의 시선을 신경 쓰지 않지만 나의 만족을 위해 다이어트를 한다고 종종 늘어놓는 내 입장은 사실 거짓이다.

식욕은 곧 불안을 안기는 단어라 말하며 오랫동안 거식증에 시달렸던 저널리스트 캐럴라인 냅은 먹을 때마다 느끼는 죄책감의 원인을 욕구를 억눌러온 사회에서 찾았다. "너무 많이 먹지 마", "너무 커지지 마", "너무 많이 원하지 마", "너무 똑똑하게 굴지 마". 이런 명령이 누적되어 우리 삶에 영향을 미쳤다고 봤다. 저서 《욕구들》에서 사회는 여자들에게 갈망은 억제해야 하고 사회적으로 용인된 방식으로만 충족시켜야 한다는 메시지를 보낸다고 썼다. 여자의 욕구는 죄책감에 눌려서 본질을 피해 빙 둘러가고, 아름다움과 날씬함이라는 목표 뒤에 감춰진 진짜 허기는 무엇인지 모호하게 만든다는 그의 통찰은 지금도 유효하게 느껴진다. 캐럴라인 냅은 "여성의 몸은 이 사회가 메시지를 쓰는 장소"라는 로절린드 카워드의 말을 인용하며, 과거 남자들의 영역에서 여자들이 역할을 하기 시작하자 여성을 수동적이고 연약하며 위협적이지 않은 존재로 묘사하는 이미지가 만들어졌다고 분석했다. 얼핏 요즘 시대 언어로 음모론처럼 보이지만, 식욕과 몸매를 걱정할 때는 다른 어떤 사고도 하기 힘드니 실제라면 대단히 주효한 전략이다.

많은 심리학자가 음식과 다이어트 중독을 '현실도피'로 볼 정도로 이는 우리 주의를 쉽게 빼앗아간다. 사회 비판, 커리어보다 무엇을 먹으면 살이 찌지 않을까 생각하는 건 간단하다. 폭식과 거식이 한 몸이듯 음식으로 하는 도피도 역시 간편하다. 음식을 쥐고 입에 넣는 행위는 정말이지 너무나 손쉬운 것이다. 배가 터지도록 음식을 밀어 넣으면 내면의 감정이 무뎌지고 증발한다. 냅은 영혼의 상태를 고민하는 것보다 몸에 대해 걱정하는 것이 훨씬 쉽다고 단언한다. 게다가 건강까지 연결 짓는다면 무엇보다 우선시해야 할 1순위가 된다. 이 원고를 쓰면서 하룻밤 사이 우유크림빵 한 개와 아이 머리만 한 천혜향 두 개, 하리보 사우어 젤리 세 봉지를 내리 먹어치웠다. 그 짧은 시간만큼은 원고 마감의 압박으로부터 안전하게 도피할 수 있었다. 진짜 해결하고 싶었던 나의 허기는 무엇이었을까.

음식을 먹을 때마다 자책하는 습관의 가장 큰 문제점은 현재를 누리지 못한다는 것이다. (살찐) 미래를 걱정하고 (살 빠진) 미래를 상상하는 현재는 군만두의 육즙조차 온전히 느끼지 못하게 하고, 친구의 따뜻한 목소리가 들리는 충만한 현재를 놓치게 하며, 하루 종일 플레이되는 넷플릭스 영화마저 집중하지 못하게 한다. (살 빠진) 미래로 현재의 행복을 미뤄두는 삶은 주어를 잃은 채 그저 부유한다. 불현듯 아까 들이부은 하리보 젤리의 단맛이 느껴지며 (살 빠진) 미래를 위해 오늘 저녁은 굶어야겠다는 방어기제가 다시 작동한다. 내가 사는 세상에서는 먹는 게 유죄이고, (살 빠진) 미래는 도래하지 않는다.

풍요 속의 생리 빈곤

시간이 흘렀지만 쇼핑몰에서 생리대를 살 때면 여전히 영화 〈나, 다니엘 블레이크〉에서 생리대를 훔치던 케이티(헤일리 스콰이어 분)의 얼굴이 떠오른다. 두 아이를 돌봐야 하는 그녀는 아이들을 위한 빵은 간신히 살 수 있었지만 생리대는 그러지 못했다. 그녀의 행동을 의심하며 뒤따라온 경비원이 뒤진 케이티의 주머니에서는 몰래 넣은 생리대와 여성용 제모기가 후드득 떨어졌다.

케이티는 나에게 노동으로 돈을 벌어 스스로를 건사하는 삶이 무너졌을 때 과연 무엇부터 포기할 것인지 질문을 던졌다. 배가 고파 하늘이 노랗게 흐려지는 순간 나는 과연 라면 한 봉지를 선택할까, 자궁에서 흘러나온 검붉은 점막을 처리해줄 생리대를 선택할까. 생리대 대신 라면을 선택해 하체가 생리혈 범벅이 된다면 그 치욕은 견딜 수 있는 성질의 것일까. 근본적인 것을 감당할 수 없다는 당혹감은 생을 향한 의지를 즉각적으로 앗아간다. '팩트'는 분명하다. 월경을 하는 여자는 인간의 존엄성을 지키기 위해 남자보다 돈이 많이 든다. 평생 2000만 원쯤. 우리나라 생리대 평균 가격 331원으로 계산기를 두드려 나온 금액이다.

'생리 빈곤(period poverty)'이라는 용어가 있다. 2017년 영국에서부터 널리 알려졌는데, 월경하는 동안 생리용품을 구입할 형편이 되지 않는 상태를 뜻한다. 생리 빈곤을 전 세계에 널리 알린 건 당시 열일곱 살이던 아미카 조지(Amika George)다. 신문에서 생리대를 사지 못해 결석하는 여학생 13만 7000여 명의 현실을 접한 아미카는 해시태그 #freeperiods를 만들어 개인의 문제로 치부되어온 생리 빈곤으로 인해 누구나 누려야 할 학습권이 침해받는다고 주창하며 공감을 얻었다. 그리고 같은 해 12월 붉은 의상을 맞춰 입고 시위를 하며 런던 한복판을 피바다로 물들인 인원은 2000명이 넘었다.

아미카는 외쳤다. "생리 빈곤은 여성의 어린 시절을 빼앗고 있습니다. 생리대가 없어서 결석하면 교육적으로 뒤처지고 결과적으로 사회적 고립까지 이어집니다. 생리는 생존과 관련된 것입니다. 생리대에 세금을 부과하지 말고 저소득층 청소년에게 무상으로 생리대를 지급해주세요." 그리고 2년 만에 영화 같은 일이 일어났다. 영국은 중·고등학생과 대학생에게 생리대 무상 지급을 결정했고, 유럽연합을 탈퇴하면서 생리용품에 부과하던 탐폰세를 폐지했다. 2020년 스코틀랜드에서는 더 큰 변화가 일어났다. 연령, 소득에 관계없이 생리용품을 무료로 지급하기로 한 것이다! 그렇게 스코틀랜드는 최초의 무상 생리대 국가가 됐다.

우리의 경우 〈국민일보〉의 운동화 깔창 생리대 보도로 생리빈곤이 알려졌다. (여성용품에 부과되던 부가가치세 10퍼센트는 2004년에 폐지되었다. 그럼에도 생리대가 독보적으로 비싼 이유는 생리대 회사만 알 것이다.) 당시 성남시에서 저소득층 청소년 생리대 지원 사업을 시작하며 생리대 기부의 막이 올랐다. 생리대 지원은 이후 선거철마다 표를 얻기 위한 단골 공약으로 쓰였지만 성과가 없지는 않았다. 종종 생리대는 기부 물품 리스트에 식료품과 동등하게 등장했고, 청소년은 물론 노숙자, 다문화가정 소녀까지 시선을 넓힌 자선단체도 생겼다. 그리고 여성가족부에서 저소득층 여성 청소년을 위해 생리대 바우처 제도를 도입했다. 강남구는 초·중·고에 생리대 자판기를 설치했고, 경기도 여주시는 지자체 가운데 최초로 만 11~18세 모든 여성 청소년에게 무상 생리대를 지급하는 조례를 통과시켰다. 강원도에 이어 제주특별자치

도교육청도 초·중·고에 생리대를 무상 지원하기로 했다. 생리를 쉬쉬하던 과거를 떠올린다면 실질적이고 즉각적인 변화다. 다만 바우처 제도와 같이 조건을 정해서 돕는 정책은 조건, 즉 가난을 증명해야 하는 숙제를 남겼다.

월경권 보장을 위해 1인 시위에 나섰던 한 고등학생은 가난하다고 말해야만 생리대를 받을 수 있는지 되물었다. 정말 돈이 없어서 생리대를 지원받아야 하는데 담당자를 여럿 거쳐야 할 때, 특정 화장실에 가야만 생리대를 구할 수 있을 때 찾아오는 수치심에 대한 문제 제기였다. 생리대 지급은 학습권, 기본권, 건강권을 지켜줄 수 있는 당연한 권리로서 존재해야 한다. 더 단순하게 말해 월경을 할 때도 월경을 하지 않을 때와 마찬가지로 공부하고 일하며 일상을 보낼 수 있는 권리 말이다.

나는 현직 중학교 교사에게 생리대로 곤란을 겪는 학생이 있느냐고 물어본 적이 있다. 그 교사는 보건실에 요청하면 제공될 테지만 생리는 창피하다는 인식 때문에 생리용품을 요구하지 않는 아이들도 분명 있으리란 우려를 비쳤다. 정신적으로 아프거나 와병 중인 보호자와 함께 생활한다면 지원 제도가 있다는 사실 자체를 모를 수도 있다고도 했다. 제도를 갖추고 있지만 이를 알리고 지원해주는 어른이 있는가는 복불복에 맡겨야 하

는 현실. 생리대를 선별적 복지가 아닌 보편적 복지로 고민해야
하는 이유다.

지원 대상에서 빠질 때가 생기는 만 11세가 되지 않은 초등
학생의 상황은 더 좋지 않다. 요즘 초등학생 딸을 키우는 부모
중에 성조숙증을 걱정하지 않는 경우가 오히려 드물다. 성조숙
증은 신장 등 성장에 영향을 주기도 하지만 초경을 앞당기기도
한다. 초등학교 저학년 때 생리를 시작할 경우 혼자 생리대 처리
하는 것을 힘들어해서 쉬는 시간에 보호자가 학교로 달려가는
일도 빈번하게 생긴다. 이때 어떻게 생리대를 처리해야 하는지
알려주는 어른이 없다면 아이의 하루는 얼마나 고통스러울까.

유튜브에서 〈그날〉이라는 단편영화를 본 적이 있다. 수학여
행 가라고 엄마가 준 5000원을 들고 편의점 생리대 코너에서 한
참을 망설여야 할 정도로 경제적으로 어려운 주인공은 화장실
칸에 앉아 있다가 친구들의 대화를 듣는다. "걔는 왜 만날 생리
대를 빌리기만 해? 거지 새끼면 생리대를 쓰지 말든가." 선택한
적도 바란 적도 없지만 여자의 신체로 태어났기 때문에 한 달에
한 번 몸에서 흘러나오는 액체. 원리나 이유를 묻지 않은 채 그
저 처리에 급급해온 사회는 생리를 알아서 처리해야 하는 것이
고, 그렇지 못할 경우 비난해도 되는 것으로 만들어버렸다.

생리대를 빌려야 하는 상황이 '거지 새끼' 탓이 아님을 신경조차 쓰지 않는 사회에서 느낄 수 있는 감정은 무기력함과 불행뿐이다. 우리에게 필요한 건 생리에 대한 담론이다. 16세 때 비영리단체 '피어리어드(PERIOD)'를 설립하고 커뮤니티 '어거스트(August)'를 통해 월경을 하나의 라이프스타일로 보자는 메시지를 전했던 나디아 오카모토(Nadya Okamoto)의 행보는 감추는 바가 없어서 오히려 신선했다. 초반 그녀의 인스타그램(@itsaugust)에는 생리혈이 묻은 흰색 속옷을 입고 심드렁하게 앉아 있는 모습, 피로 물든 수영복과 원피스, 생리대가 붙어 있는 팬티를 내린 채 변기에 앉아 있는 모습 등 나에게 일어나지만 결코 외부에서 본 적 없는 광경이 가득했는데 보면 볼수록 생리는 당연한 일처럼 여겨졌다. 그리고 지금 나디아 오카모토는 사회운동가이자 기업가로서 좀더 실질적인 변화를 일으키는 중이다. 생분해되는 유기농 순면 생리용품을 제공하는 구독서비스 '어거스트'를 공동 창립해 월경에 대한 이야기를 공유하고 있다. 무엇보다 이곳에서 구독서비스를 이용하면 탐폰세를 돌려준다. 팬톤이 '피어리어드'라고 이름 붙인 붉은 색깔을 발표하며 내놓았던 설명은 다음과 같았다. "우리가 월경에 대해 공개적으로 이야기할수록 월경의 불평등을 더 잘 해결할 수 있습니다."

강남구에서 생리대 자판기를 설치할 때 가장 힘들었던 점은 생리는 내밀하고 개인적인 일인데 국가의 지원은 과도한 복지라는 시선을 바꾸는 일이었다고 한다. 담당자는 한 인터뷰에서 화장실에 가면 휴지가 있듯 월경도 원하지 않아도 나오는 현상이니 누구나 생리대를 쓸 수 있게 힘을 보태야 한다고 했을 때 비로소 사람들을 설득할 수 있었다고 전했다. 사람들은 월경보다 더 시급한 문제에 나랏돈을 써야 한다고 말하지만 월경에 비견할 만큼 어찌할 수 없고 긴급한 일은 아무리 생각해봐도 먹고, 자고, 배설하는 일뿐이다.

　물건을 중심으로 여성의 사회적 역할의 발달 과정을 기록한 책 《100가지 물건으로 다시 쓰는 여성 세계사》 중 생리대 챕터에는 다음과 같은 내용이 나온다. "생리대와 탐폰의 역사는 여성의 삶에서 하나의 전환점을 상징한다. 생리대 발명 이전에 여성들은 생리 기간 동안에 여행을 가거나 운동하는 것을 두려워하기 일쑤였다."

　나뭇잎, 풀, 헝겊 조각, 토끼털 등 생리혈을 막기 위해 무엇이든 사용했던 역사는 양말, 운동화 깔창, 둘둘 만 휴지, 헌 옷 등을 써야 하는 누군가의 현재와 일치한다. 환경오염을 막기 위해 물에 녹는 생리대 기술까지 개발된 지금, 경제적인 이유로 생리대를 사용하지 못하는 현실은 인류 역사의 퇴행이다. 최초로 일회용 생리대가 개발된 지 100년도 넘게 지났다. 누구도 라면과 생리대 중에서 택일해서는 안 된다. 우리는 다시 생리대를 이야기해야 한다.

보기 좋은 털

카멀라 해리스 미국 부통령 취임 당시 마음속으로 찐한 축하를 보내며 신변 검색에 들어갔다. 그리고 처음 마주한 건 의붓딸 엘라 엠호프의 겨드랑이 털이었다. 슬리브리스 원피스 차림에 양팔을 들어 바운스를 타는 듯한 포즈 속 그녀의 털이 반갑다는 듯 인사를 건넸다. 니트 디자이너로 활동하며 니트 비키니를 입고 가방을 내미는 사진에서도 그녀의 털은 꿈틀꿈틀 살아 움직이는 듯했다. 지나가다가 내 모니터를 본 동료는 "역시 어려서…… 멋지군"이라 말했고, 파티션 너머의 동료는 "겨털 깎으면 지는 거예요. 엘라 엠호프 파이팅!"이라고 말했다. 위키백과 Z세대의 조건에 '겨드랑이 털을 기른다' 추가가 시급해 보였다.

밀레니얼 세대는 수북한 털에 개의치 않는다는 기사를 본

적이 있다. 과거 세대가 여성성의 강요에 반발해 제모를 거부했다면, 이들은 브라질리언 왁싱을 비롯한 건강하지 않은 제모에 거부감을 느껴 제모를 하지 않는다는 내용이었다. 따라서 전시하듯 겨드랑이 털을 기르기보다 "내킬 때 가끔 제모를 해요" 같은 태도를 보인다고 덧붙였다. 그 배경으로 젠더 유동성을 지향하는 패션 브랜드, 다양한 외양을 보여주고자 하는 모델, "원하면 밀고 원치 않으면 하지 마"란 슬로건을 내세운 면도기 등을 들었다. "이 세대는 절대 원칙을 거부하기 때문에 제모에 대한 원칙도 거부한다"는 문장을 읽으며 완전히 새로운 세상이 도래한 듯한 인상을 받았다. 거기, 지구 맞죠?

긍정의 기운이 도래한 가운데 '겨털 스타'는 꾸준히 탄생했다. 엄마 마돈나와 함께 커플 겨털 샷을 올린 루데스 레온은 겨털 자유주의의 아이콘이 됐다. 이에 마크 제이콥스는 광고 모델로 그녀를 발탁했는데 데님에 풍성한 헤어피스를 하고 카메라를 응시하는 그녀의 겨드랑이에는 여느 때처럼 털이 자라 있었다. 미우미우, 컨버스 등 다른 브랜드의 앰배서더로서 찍은 사진에도 "어쩌라고!"라고 말하듯 겨드랑이 털을 노출하고 있었다. 앞서 언급했듯 제모를 하지 않고 카메라 앞에 서는 모델 역시 점점 더 많아지고 있다. 구찌 뷰티의 첫 번째 글로벌 모델 대니 밀러(Dani Miller)는 하늘하늘한 원피스 아래에 메리 제인 슈즈와 삭스를 스타일링했을 때도 다리털을 그대로 드러냈다. 보컬리스트로 활동하는 그녀는 무대에서도 시원하게 겨드랑이를 공개하곤 한다.

이들의 행보는 가서 껴안아주고 싶을 정도로 바람직하지만 이로 인해 실제 우리 몸에 난 털을 바라보는 시선에 변화가 생겼냐고 묻는다면 현실은 '털 나름이다'에 머물러 있다. 겨드랑이털은 한동안 자기 긍정의 상징이었다. '있는 그대로 자신의 모습을 사랑하라'는 보디 포지티브 운동이 퍼지며 "뚱뚱해도 괜찮아", "털이 많아도 괜찮아", "가슴이 작아도 괜찮아" 하며 다독였기 때문이다. 원래 털이 없었던 것처럼 겨드랑이는 물론 다리, 등, 손가락, 발가락 털까지 제모하던 여성들은 이때 '털은 자연스러운 것'이라는 보편적 공감대를 형성했다. 일단 머릿속으로 말이다.

지금도 스스로를 사랑하라는 메시지는 두더지 잡기 게임처럼 불쑥불쑥 튀어나오지만 털만큼은 갈 곳을 잃은 채 갈팡질팡한다. '더 이상 고통스럽게 털을 깎진 않을 거야. 그런데 굳이 그 털을 남에게 보여줄 필요가 있을까? 나 역시 크게 보고 싶지 않은걸……' 남의 털을 비난하진 않지만 자신의 털을 내보이긴 꺼리는 상태. 자기 긍정을 통과하지 못한 털의 현재 마음이다. 사실 개개인의 털 상태를 고려하지 않은 채 털까지 사랑하라고 하던 자기 긍정주의는 공허한 구석이 있었다. 평소 겨드랑이 털을 한 올 한 올 셀 수 있는 사람과 언더웨어 밖으로 까만 털이 속절없이 비집고 나오는 사람이 어떻게 똑같이 털을 대할 수 있냔 말이다.

전 세계에서 휴양하러 몰려가는 발리에 수년째 머물고 있는 지인은 아무리 SNS에서 털을 긍정하는 움직임이 일어도 현지에서 피부로 느낄 수 있는 변화는 없다고 말한다. 선베드에 누워 겨드랑이 털에 살랑살랑 바람을 쐬어주는 여자는 드물다고 말이다. 그리고 털을 긍정한다고 해서 공공 수영장에 그냥 갈 순 없지 않냐고 되물었다. 털이 빠질 수도 있고 무엇보다 주목받고 싶지도 않다고. 약품을 쓸 수 없는 닭살에 면도기를 쓰면 피가 철철 나는데 자기를 사랑해야 한다며 털을 긍정하라는 소리를 들으면 헛웃음부터 나온다고 했다.

루데스의 인스타그램에 달리는 "겨드랑이 털을 기르는 것은 본인 자유지만, 광고에서는 안 봤으면 좋겠다"는 댓글은 사회가 여전히 털이 있어야 할 자리, 그렇지 않은 자리를 구분하고 있음을 보여준다. '밀어버려야 하는 것'에서 '자연스러운 것'이

된 털은 TPO(Time, Place, Occasion, 즉 시간, 장소, 상황)를 가려야 하는 처지가 됐다. 친구들과 워터파크에서는 괜찮고 출장 중 호텔 수영장에서는 안 되고, 아쿠아로빅 강습은 괜찮고 수영 강습은 안 되고 등등. 주관적으로 정하는 듯하지만 TPO에는 사회가 정해 놓은 미적 기준이 고스란히 반영되어 있다.

더불어 자신의 털을 내보이는 사람이 늘어날수록 '보기 좋은 털'에 대한 이미지도 만들어졌다. 아무렇지도 않게 겨드랑이 털을 드러내는 엘라 엠호프, 루데스 레온을 보며 나는 '보여줄 만한 털이다'라는 생각을 멈출 수 없었다. 적당하게 올라붙은 브라운 컬러의 털은 안정적으로 자리 잡고 있었다. 무엇보다 그녀들은 털 빼고 몸매와 얼굴이 모두 사회가 요구하는 미적 기준보다 우월했다. 그러므로 겨털 정도는 길러도 되지 않나 싶어지는 것이다.

어느덧 나는 '내놓아도 되는 털의 조건'을 꼽기에 이르렀다. 너무 까맣거나 분포 면적이 넓지 않을 것, 밖으로 삐져나오지 않을 것, 무성해서는 곤란, 숱은 적을수록 좋지만 적당한 부피감은 강렬한 메시지가 되므로 오케이……. 실제로 옆자리 후배는 제모의 이유로 '가지런하지 않고 듬성듬성 털이 나기 때문'을 꼽았다. '여자의 몸은 털 한 올 없이 매끈해야 한다'던 인식은 기이하게도 '여자의 몸에 털이 나는 건 자연스럽지만 털은 보기 좋아야 한다'에 다다랐다.

〈글래머〉 잡지는 셀프 러브 특집의 일환으로 '체모 운동가' 퀸 에시(Queen Esie)를 표지에 실었다. 열한 살 때부터 가슴에 털이 났고 이로 인해 어두운 시간을 보냈다는 퀸 에시는 털을 비정상으로 여기는 사회에 아름다움은 언제든 해체되고 재구성될 수 있다는 메시지를 전하는 라벤더 프로젝트를 시작한 주인공이다. 자신을 파괴하는 행위에 가까웠던 제모를 그만둔 그녀는 직접 만든 라벤더 드레스를 입고 셀카를 찍어 인스타그램에 올렸다. 그리고 체모를 다른 시각으로 보여주는 사진과 글을 작업하고 있다. 화가이기도 한 그녀는 그동안의 경험을 바탕으로 털을 제거하지 않은 여자들을 그린다. 이 작업이 공허하게 느껴지지 않는 건 수년 동안 편견과 싸우고 스스로 정한 삶의 방향이기 때문일 것이다. 지금도 완결되지 않았지만 말이다.

원 마일 룩이 유행하며 제모에 대한 압박이 소강 상태를 이루고, 마스크를 착용하며 제모보다 모발 이식이 인기를 끌었던 몇 해는 풍선 효과를 떠오르게 한다. 보이는 털은 어디에 붙어 있든 끈질기게 사회적 기준의 아름다움을 요구한다. 그렇다고 털을 미는 건 구시대적이고 쿨하지 못하다고 주장해서는 안 된다고 생각한다. 그런 식의 강요는 '겨드랑이에 털이 있는 여성은 여성답지 않다'던 과거의 고정관념과 다를 바가 없다. 얼마 전 막을 내린 〈스트릿 우먼 파이터2〉에서 댄서 오드리는 겨드랑이 털을 밀지 않고 민소매를 입어 거듭 인터넷 뉴스의 주인공이 됐다. 여전히 우리는 겨드랑이 털을 밀지 않았다는 이유로 유명해지는 세상에 산다. 그저 조금만 더 각자의 털에 시큰둥해지는 날을 기다린다.

우리의 소녀 시대

　　그레타 거윅 감독은 〈레이디 버드〉 투자를 받으러 다니다가 흥미로운 점을 발견했다. 자금을 댈 가능성이 있는 사람들은 대부분 남자였는데 그들은 여자가 그렇게 싸울 수 있다는 사실 자체를 믿지 못했다는 것이다. 딸이나 여자 형제가 있는 투자자는 영화를 이해했고, 그렇지 않은 투자자는 〈레이디 버드〉가 영화로 만들 만한 이야기라는 생각조차 못 했다. 거윅은 당시 인터뷰에서 말했다. "〈보이후드〉는 있는데 여자아이들에게는 어떤 영화가 있나요? 〈400번의 구타〉는 있는데, 여자아이들을 위한 영화는 어떤 작품이 있을까요? 소녀들의 인간성이란 무엇일까요?"

　　거윅은 여자들이 싸우는 장면을 작품에 자주 포함시켰다. 〈프란시스 하〉는 두 친구가 워싱턴 스퀘어 파크에서 말다툼하는 장면으로 시작한다. 〈레이디 버드〉에서 시얼샤 로넌은 어느 학교에 진학할 것인가에 관해 엄마와 말다툼을 벌이다가 달리는 차 문을 열고 그냥 뛰어내린다. 여자들이 얼마나 목숨을 걸고 싸우는가에 대해서는 역사적으로 수천, 수만 고증이 있다.

물론 나 역시 살아 있는 증인이다. 한 반에 50명, 한 학년이 18개 반으로 이루어진 여자 중학교에서는 늘 모래 비린내가 풍겼다. 대체로 우리는 걷기보다 뛰었고 속삭이기보다는 괴성을 질렀다. 싸움에 관해서라면 지금도 선명하게 기억나는 장면이 있다. 두 친구가 복도에서 살짝 언쟁을 벌이고 있었다. 잠시 후 한 친구가 어깨를 밀쳤고 곧 날아오르듯 오른쪽 다리를 들어 상대의 배를 걷어찼다. 복부를 강타당한 친구는 복도 끝에서 끝까지 날아갔다. 구경꾼들의 고개는 날아가는 친구와 함께 포물선을 그렸다. 〈오렌지 이즈 더 뉴 블랙〉처럼 감옥에 살지 않아도 여자들은 싸운다. 여자들이 싸운다는 사실을 믿지 못했다는 건 소녀들이 생각하고 욕망하고 행동하는 주체적 존재임을 부정한다는 의미다.

사전은 소녀를 "아직 완전히 성숙하지 아니한 어린 여자아이"로 정의한다. 부모를 포함한 사회는 이들이 성숙할 때까지 재단하고 훈육할 의무를 정당하게 부여받는다. 소녀는 정치적으로 주체적으로 올바른 판단을 할 수 없다는 암묵적 합의 역시 되어 있다. 대중문화는 요정, 걸 크러시, 알파 걸, 국민 여동생으로 '소녀상'을 견고히 하고 있다. 생겨먹은 대로 산다고 춤추고 노래하는 소녀들과 외모 콤플렉스에 시달리다가 메이크업으로 여신이 되는 소녀가 전파를 타고 있다. 소녀의 이미지는 대상화되거나 주목을 끌기 위해 여러 가지 용도로 소비되지만 거윅이 토로한 것처럼 이 시대를 사는 대다수 소녀들의 서사만큼은 생략되어 있다. 자신이 할 수 있는 일을 자기 방식대로 해내는 소녀들. 당연히 싸우기도 하는 소녀들이다.

소녀기에 대해 영화 프로그래머 조혜영은 공저 《소녀들》에서 "이미지는 과잉되지만 그 이미지의 소녀의 주체는 주변화된다. 자신의 이미지로부터 가장 소외되는 이들이 아마 소녀일 것이다"라고 썼다. 시몬 드 보부아르는 《제2의 성》에 적었다. "소녀기는 주체이며 능동체인 채로 자유롭기를 갈망하는 그녀의 선천적 욕구와 또 한쪽에서는 그녀에게 피동적 존재이기를 원하는 색정적 경향과 사회적 압력 사이에 격심한 투쟁이 일어나는 시기"라고.

나 역시 언젠가 소녀였지만 학생으로 억압이 더 강력하게 작용했다. 돌이켜보면 오직 성인 여자가 되기 위한 준비 기간이었다. 성인 여자가 되기 위해서는 대학에 가야 했다. 그 시절 소위 공부만 잘하면 놀라울 정도로 많은 것이 허락되었다. 좋은 대학에 진학하는 학생 숫자를 늘려야 하는 학교의 입장, 어떤 문제도 일으키고 싶어 하지 않는 교사의 입장, 무엇보다 자식이 잘되었으면 하는 부모의 입장을 모두 파악하고 있는 소녀들은 사실 그렇게 미성숙하지 않았다. 학교라는 작은 사회가 우리의 작은 일탈을 용인하면 할수록 자신감은 올라갔다.

사회가 원하는 소녀상은 식물형이었지만 실제 우리는 공격성이 강한 동물형에 가까웠다. 늘 며칠 굶은 개처럼 먹어댔고 입시라는 목표에 걸리적거리는 소년들을 거추장스러워했다. 학원물 속 여주인공과 달리 사랑은 큰 관심사가 아니었고 공포물 속 여주인공처럼 전교 1등을 옥상에서 밀어버릴 만큼 사리 분별력이 없지도 않았다. 보이 밴드를 사랑했고 노래방에서 그들의 노래를 목 터지게 불렀으며 수업 시간에는 대체로 엎드려 잤다. 곧게 뻗은 친구의 다리를 내심 질투했고 친구네 집 아파트 평수를 비교도 했다. 하지만 그때만큼 스스로의 욕구와 욕망에 집중하던 시기도 없었다. 이런 우리의 마음을 살피는 어른은 없었다. 모든 것은 그 시기 미쳐 날뛰는 호르몬 탓으로 돌리면 서로 편했다.

샹탈 조페(Chantal Joffe)가 그린 '틴에이저스(Teenagers)' 시리즈

속 소녀들에게서 나는 그 시절 나와 내 친구들의 얼굴을 봤다. 그림 속 소녀들은 대체로 '그냥' 있었다. 그냥 있을 때 우린 주변이 환해지도록 웃지도, 분노하며 화를 내지도 않는다. 심드렁하게 자신만의 생각에 빠져 있다. 외롭거나 고민이 많지만 대부분은 그 자체로 평온하다. 육체도 정신도 다 자랐지만 마음대로 할 수 있는 자유가 없던 소녀 시절 우리는 다소 무기력했다. 패션모델, 포르노 배우 등 여자들의 초상을 그려온 샹탈 조페는 딸 에스메(Esme)를 낳고부터는 자화상에 집중하는 한편, 딸과 딸의 주변인들을 기록하듯 그렸다. 조페의 담담하고 단단한 붓질은 텅 비어버린 듯했던 소녀기가 분명히 존재했음을 긍정하고 있었다.

여성 문학 연구가 김은하는 공저 《소녀들》에서 우리가 어린 시절을 망각하듯 소녀기 역시 망각의 어둠 저편에 던져져 있다고 지적한다. 그리고 소녀기가 주목받지 못한 이유를 다음과 같이 설명한다. "소녀기는 인생의 한 부분에 불과한 일시적 시기, 즉 이행성을 특징으로 하기 때문에 그다지 중요한 위상을 부여받지 못한다. 소녀는 성인 여성에게는 애도되지 못한 채 자기 안에 살고 있는 낯선 유령이다."

내 안에는 무력감에 지배당하던 소녀 유령이 여전히 살고 있다. 그런데 요즘 변화가 생겼다. 세상을 변화시킬 수 있다고 소리를 내지르는 소녀들을 발견할 때마다 내 속의 유령이 즐거워하는 게 느껴진다. 사회는 소녀들을 타자화하지만 소녀들을 자기 자리로 돌려놓는 이 역시 소녀들 자신이다. 한 명도 똑같지 않은 그들이 천편일률적 소녀 이미지를 바꾼다. 생각하고 욕망하고 행동하는 우리의 소녀 시대를 긍정해야 다음으로 나아갈 수 있다. 지금 이 세상에는 더 많은 소녀들의 이야기가 필요하다.

'그녀'와의 이별

　　번역가, 기자, 소설가 등 글 쓰는 사람이라면 누구나 한 번쯤 자신이 써오던 표현이 도덕적, 정치적, 윤리적으로 옳았는가 고민에 빠지는 시기를 겪는다. 호되게 혹은 가볍게, 정도의 차이만 있을 뿐. 나 역시 말이 사고에 영향을 미친다고 믿으며 유모차를 유아차로, 저출산을 저출생으로, 몰래카메라를 불법 촬영으로, 주부를 살림꾼으로 고쳐 쓰며 내가 달라지길 그리고 세상이 달라지길 바랐다. 하지만 '그녀'를 의식하게 된 후, 그녀를 둘러싼 고민이 시작되었다. '그녀 딜레마'의 시작이다.

　　'그녀'는 서울시여성가족재단에서 제작하는 '성평등 언어 사전'에 매년 등장한다. 언어학자 다수는 영어 '쉬(she)'를 번역한 일본어 '피녀(彼女)'가 어원인 '그녀(女)'는 남성의 입장에서 여성을 지칭하는 표현이므로 성차별적이라고 지적한다. 표준국어대

사전은 '그녀'를 "주로 글에서, 앞에서 이미 이야기한 여자를 가리키는 삼인칭 대명사"로 설명하고 있다. '그'에 대한 설명은 다음과 같다. "말하는 이와 듣는 이가 아닌 사람을 가리키는 삼인칭 대명사. 앞에서 이미 이야기하였거나 듣는 이가 생각하고 있는 사람을 가리킨다. 주로 남자를 가리킬 때 쓴다." 그러니까 원칙적으로 '그'는 성별을 드러내는 말이 아니지만 그와 그녀를 구별해서 사용함으로써 성별을 부여해온 것이다.

"그녀가 성차별적 표현인가요?"라고 질문했을 때 고려대학교 국어국문학과 신지영 교수는 "그럴 수 있습니다"라고 답했다. "'그남'이라는 표현이 없는 상황에서 그녀를 사용하기 때문이죠." 신지영 교수는 저서 《언어의 줄다리기》에서 '여교사'를 예로 들어 과거의 이데올로기와 고정관념을 담은 단어의 문제점을 지적한 바 있다. 여교사, 여교수에는 '전문적인 일에 능숙한 사람은 보통 남자'라는 이데올로기가 담겨 있다고 보았다. 여교사, 여교수라는 표현은 이들이 일반적이지 않은 존재가 되게 하는 역할을 한다. 신지영 교수는 성별을 지칭해야 한다면 남성과 여성이 모두 존재한다는 인식을 심어주는 '여성 교사', '여성 교수'를 쓰는 편이 낫다고 했다. "배우와 여배우, 교수와 여교수 등 한쪽 성별만 특정하여 기술하는 것은 총칭적 의미를 갖는 쪽의 성별을 표현하지 않은 한쪽 성별로 고정하여 일반화하는 문제를 갖습니다. 그래서 자연스럽게 배우, 교수, 검사, 기자 등은 기본적으로 남자라는 생각을 갖게 합니다."

돌이켜보면 나는 정말이지 '그녀'를 자주 사용해왔다. 지금까지 말과 글을 통해 쓴 '그녀'를 다 모아 엮는다면 제주도 정도는 가볍게 덮을 수 있다. 인터뷰 기사에서 늘 그녀로 지칭했음은 물론이고 여성 소설가 특집에는 '쓰는 그녀들', 시위 현장 취재 기사라면 '그녀들의 광장'이라고 썼다. '당당한 그녀', '그녀의 사정', '그녀에 대한 고찰'…… 만능 키처럼 그녀만 들어가면 모두 제목이 완성됐다. 화보 제목으로 '그녀'만 쓰고 만족스러워 박수를 친 적도 있다. 일상 대화에서도 자주 사용했는데 대명사라 익명성이 보장되는 장점이 있을 뿐 아니라 "그녀 알아?"라고 입을 떼면 대화의 공기가 미묘하게 바뀌곤 했다. 우리는 그녀를 그녀라 부르는 자신을 기꺼워했다.

패션 잡지 업계는 왜 이렇게까지 그녀를 사용했을까. 논문은 나온 바 없지만 번역 기사에서 비롯되었을 확률이 높다. '쉬(she)'를 쓰는 문화에 대한 선망이 부지불식간에 스며들었다고 해야 할까. '쉬'를 번역한 '그녀'에 우리는 우아함, 아름다움, 특별함 같은 이미지를 추가로 심어 '그녀'를 액세서리처럼 사용했다. 시적 허용 같은 것이었다고 생각한다. 더 이상 '그녀'를 그런 마음으로 쓰지 않지만 여전히 '그 여자'보다 '그녀'로 부르길 좋아한다. 과거의 잔재다.

여자 독자를 대상으로 여자 사진을 싣고 여자에 대해 글을 쓰면서 사용한 '그녀'에 성차별적 의도는 없다고 항변하고 싶다. 하지만 글 속에 빼곡한 '그녀'는 성별을 제일 앞으로 내세운다는 걸 부정할 순 없다. 그러니까 조소현을 말하면서 성별인 여자가 먼저가 된다. '여자 조소현'이 시작점이 되고 거기서 생각을 발전시켜 나가게 한다. 어떤 가치 판단에 성별이 아무런 영향을 끼치지 않았더라도 '여자 조소현'이라서 어떤 행동과 생각을 한 것처럼 반복해서 비친다. 기사에 여중생, 여직원, 40대 여성 등 행위자의 성별을 밝히는 것이 내용 이해에 꼭 도움이 된다고 보기 어려운데도 끊임없이 성별을 기재하는 언론이 우리 생각에 끼치는 영향과 다를 바 없는 결과를 낳는다.

소설가 박문영은 비슷한 이유로 '그녀'를 쓰지 않고 있다고 말했다. 여성의 직업, 역할, 존재가 유난하고 특수하게 드러날 필요가 없다고 보기 때문이다. 칼럼니스트 이숙명은 한 글자라도 더 간결한 편이 아름다운 글이라 생각하는데 '그녀'는 불필요하게 한 글자 '녀'를 더한 경우라 지양한다는 의견도 들려줬다.

성별 표현에 직관적 거부감이 있는 독자를 위해 덜 쓰고자 한다고도 했다.

물론 단순한 문제는 아니다. 프리랜서 번역가 이선희는 고충을 토로했다. 성차별적 표현에 대해 고민을 했고 문학 작품을 번역할 때는 더 주의했고 '그녀'를 결벽적으로 쓰지 않던 시기도 있었지만, 잡지 기사 번역을 하며 결국 '그녀'를 사용한다고 했다. 프랑스, 아프리카 등 온갖 국적의 모델과 디자이너가 등장하는 〈보그〉 기사를 모두 '그'로 통일할 경우 독자가 혼란스럽다는 이유다. 게다가 누구도 배제하지 않는 표현의 필요성이 더 높아지는 참이다. "어떤 성으로도 확정 지을 수 없는 성 정체성이 유동적인 사람, 즉 젠더 플루이드"로 스스로를 설명하는 디자이너 해리스 리드는 어떻게 호칭해야 한단 말인가. 우리에겐 성별을 구분하지 않는 대명사로 '데이(they)'를 쓴다는 사회적 합의도, 지(xe)나 지(ze) 같은 신조어도 없다. '그' 혼자 모든 역할을 해내야 한다. 이마저도 성별과 무관한 삼인칭 대명사가 아닌 남자로 인식하는 경우도 허다하다.

소설가 박문영은 2018년 《지상의 여자들》 작업 때부터 성별 구분을 두지 않고 '그'로 통일해 쓰고 있다. 그리고 '잘 안 읽힌다', '별문제 없이 읽었다' 등 여러 반응을 경험했다. 헷갈려서 소설 읽기를 포기할 뻔했다는 독자도 있었다. "어떤 이야기가 누군가에게 편안하게 스민다는 게 진짜 어려운 일이구나, 다시 깨닫게 됐어요. 여러 난관이 있지만 시점을 달리하거나 이름을 계속 언급하는 방식으로 개선해나갈 생각입니다. 이런 문제를 진작에 해결한 작품도 꾸준히 보고요. 사실 소설이란 '흘러가야 하는 이야기'이고 지칭 때문에 소설 읽기에 방해가 된다면 곤란하죠. '그녀'를 주체적인 의미로 새로 쓰는 시도도 분명히 있고요. 하지만 저는 작업물의 외부와 내부, 형식과 내용이 이어져 있다고 보는 편이라 성별 정보가 서사에 아주 중요한 요소가 아니라면, 가능한 한 '그' 또는 '이름'을 쓰려고 합니다."

소설가 정세랑 역시 비슷한 고민을 거쳤다고 했다. "활동 초기에는 익숙한 대로 그/그녀를 썼는데, 번역가를 겸하는 작가님들이 특히 이 문제에 고민이 깊으셔서 이야기를 듣다 보니 저도 지양하게 되었어요. 주인공의 이름을 쓰거나 맥락상 적절히 생략하는 방식으로 쓰는데, 익숙해지니 무리 없이 쓰게 되었습니다. 그 밖에도 '부모'보다는 '양육자'를, '아내'보다는 '배우자'를 쓰려고 합니다. 말이 생각을 담는 틀이고, 말과 생각이 역동적으로 서로 영향을 미치기에 생각이 바뀌어 말이 바뀌기도 하고 말을 바꾸면 생각이 바뀌기도 하는 듯해요."

이런 시도는 우리가 얼마나 고정관념이 있는지 알 수 있는 바로미터가 되기도 한다. 공저 《마감 일기》에서 칼럼니스트 이숙명은 터무니없이 마감을 늦게 하는 편집장, 평론가들의 세태를 쓰며 '그'로 표현했는데 많은 독자가 이들을 남자로 인식한 에피소드를 전했다. "권위적 존재가 등장하는 텍스트에선 성별을 밝히지 않으면 독자들이 남성으로 읽어내는 습관이 있어요. 권위를 갖춘 여성을 일상적으로 익숙하게 만드는 데 오히려 역효과를 낼 수도 있겠다는 생각이 들었어요." 여성임을 중간에 드러냈다면 사고의 전복을 일으키는 효과가 생겼을 것이다. "성중립 표현을 써야 한다고 생각하지만 '그'가 국문에서 성중립 표현이 될 수 있는가, 이미 남성형 표현으로 고착되지 않았나, 올바른 용어 사용이 반드시 정치적으로 공정한 해독으로 이어지는가 고민이 시작됐죠. 그래서 내린 결론은 기계적으로 그/그녀를 '그'라고 통합하는 건 부적절하며 아직은 혼용할 필요가 있다입니다."

신지영 교수는 "그녀로 표현할 때 얻어지는 표현상의 이점이 없다는 말은 아니"라고 말한다. 하지만 그렇게 표현하여 얻어지는 이득보다 그렇지 않음으로 해서 얻어지는 공동체의 이득이 크다는 것도 생각해볼 필요가 있다는 의견이다. "모든 단어는 그 단어만이 가질 수 있는 의미와 묘미가 있게 마련입니다. 존재 이유가 있어서 살아남은 것이니까요. 따라서 무엇을 선택할 것인가는 그 글을 쓰는 사람의 이념이라고 생각합니다. 단어의 선택이 이념을 드러내므로 자신의 이념이 그 표현에 잘 담기는지를 신중하게 살펴야 하지 않을까 생각합니다."

나는 1980년대에 태어나 2000년대를 몸소 겪으며 단어가 이념을 바꿔놓은 경험을 여러 번 했다. '미혼'을 '비혼'으로 사용하며 결혼이 누구나 해야 하는 것이라는 생각에서 완전히 벗어났고, '친가'와 '외가'를 지우며 가족 관계의 균형을 맞췄다. 최근 출판계에서 성 인지 감수성을 반영해 개정판을 내는 흐름이 한창이라는 소식을 들었다. 여류 작가, 처녀작 같은 표현이 역사 속으로 사라지는 중이다. 이런 흐름 가운데에서 그토록 사랑하던 '그녀'와 결별하겠다는 결론을 내리지는 못하겠다. 다만 '그녀'를 쓸 때는 필요에 대한 고민이 반영된 결과일 것이다.

네버 엔딩 저글링

오스카 시상식에서 여우조연상을 수상한 배우 윤여정의 소감은 분절마다 좋지 않은 구석이 없었지만 일하는 엄마로서 정체성을 드러낸 부분이 특히 좋았다. 그녀는 트로피를 들어 올리며 말했다. "저를 일하게 만든, 사랑하는 두 아들에게도 고맙다고 말하고 싶습니다. 아들들아, 이 상은 너희 엄마가 열심히 일한 결과다." 나는 '엄마가 만날 나가서 뭐 하는지 궁금했지? 옛다, 오.스.카. 트로피' 하고 무심한 듯 시크하게 트로피를 건네는 그녀를 상상하며 〈미나리〉로 아름답게 물든 밤 내내 키득거렸다.

미국 〈보그〉는 다음 날 웹사이트에 '엄마들은 어떻게 2021 오스카에서 이겼는가'라는 제목의 기사를 게재했다. 물론 윤여정의 수상을 가장 감동적인 순간으로 꼽았다. 그리고 둘째를 임신 중인 배우이자 감독인 에메랄드 페넬이 무대에 올라 "여성들은 임신 7개월일 때 영화를 제작하는 것보다 훨씬 더 힘든 일을 많이 합니다. 그런 경험이 '그렇게 나쁘지는 않았습니다'"라고 한 소감에 경의를 표했다. 〈보그〉는 "윤여정이나 에메랄드 페넬 같은 여성이 어머니로서 정체성을 훼손하지 않고 연예계에서 획기적인 기록을 세우는 것은 매우 흥미롭다"고 짚으며 "워킹맘을 차별하고 체계적으로 저평가하는 산업에서 좀처럼 정당한 대가를 받지 못하는 여성들에게 매우 즐거운 밤이었다"고 기사를 마무리했다.

　윤여정과 에메랄드 페넬의 성취는 우리 각자가 처한 입장에서 다르게 받아들여진다. 워킹맘인 내 눈에는 '엄마로서 정체성을 훼손하지 않고 커리어에서 성취를 이뤄냈다'는 대목이 가슴 벅차게 다가온다. 이 문장에 '엄마이면서 동시에 직업인으로 성취를 이루긴 어렵다'는 전제가 선명하게 보여서다. '워킹맘'이라는 숨차는 합성어가 엄연히 존재하지만 직업인과 엄마는 공존할 수 없는 성질의 것으로 여겨져왔다(그리고 보면 '워킹 데드Walking Dead'는 존재할지언정 '워킹 대드Working Dad'란 말은 없다. '산송장' 같은 의미가 안 어울리진 않는다). '일과 가정의 양립'이라는 지상 최대의 과제를 시작하기도 전에 맞닥뜨리는 정체성의 문제다.

책 《자아, 예술가, 엄마(Selfhood, Artisthood, Motherhood)》속 비유 '엄마가 된다는 건 a에서 b가 아니라 A로의 변화에 가깝다'에 동의한다. 아이를 낳아본 사람들은 알겠지만 온몸이 홍해처럼 갈라지는 고통을 거쳐 한 인간을 세상에 내보낸 뒤에도 나라는 존재는 크게 달라지지 않는다. 자본주의자가 공산주의자가 된다거나 MBTI가 E로 시작하던 사람이 I로 바뀌는 성격적 변화도 일어나지 않는다. 다만 이 작은 인간이 자기 몫을 해내도록 키워야겠다는 책임감 정도가 싹트기 시작한다. 에디터로 일하는 가운데 출산을 맞이했고 아이를 낳은 후에도 나는 10여 년 경력을 쌓은 에디터였다. 하지만 아기를 낳은 후 세상은 A를 두고 b라고 불렀다.

엄마가 된 후 가장 자주 듣는 질문은 단연 "애는 누가 봐?"다. 정해진 퇴근 시간을 넘기고 업무에 집중하고 있을 때도, 집을 떠나 출장을 가도, 저녁 술자리에 가도 사람들은 "애는 누가 봐?" 하며 엄마의 역할을 다그친다. 반대 상황도 동시에 일어난다. 칼퇴근을 하거나 저녁 약속을 거부하면 사람들은 실망스러운 목소리로 "역시 엄마라 가정이 더 중요하네"라며 직업인으로서 열정을 다그친다. 세상은 나를 '가정에 충실해서 회사에 민폐를 끼치는 직원' 혹은 '회사에 충실해서 가정을 희생시키는 엄마' 두 박스 중 하나에 분류하고 싶어 했다. 그리고 '아이가 있는데 어떻게 기자 일을 하냐'며 대단하다고 했다. 주변의 이런 반응은 늘 '무리하고 있다', '욕심을 부리고 있다'는 느낌을 갖게 한다. '엄마'와 '직업인'은 아무리 붙이려고 해도 반대 방향으로 나가떨어지는 자석을 떠올리게 한다. N과 S가 한 몸에 있는 현재를 부정당하는 정말 희한한 감각이다. 이유를 모르는 바는 아니었다. 엄마를 '자신을 희생해서 자식을 돌보는 신성적 존재'로 여기니 직업인은 그 반대편 어딘가에 있을 수밖에 없었다.

외부 시선이 아니더라도 엄마와 직업인의 정체성은 내면에서 끊임없이 충돌한다. 그 혼돈의 카오스 가운데에서 확실히 느끼는 건 둘은 나눌 수도 없고 '부캐'처럼 필요에 따라 꺼내 쓸 수도 없다는 점이다. 사회뿐 아니라 당사자인 우리에게도 과정과 상태에 대한 이해가 없다. 문화예술 기획자 김다은은 "왜 예술계에 '엄마됨'이 보이지 않는가?"라는 허기진 질문을 안고 11명의 이야기를 들어 책 《자아, 예술가, 엄마》를 펴냈다. 그녀는 어머니인 상태를 '마더후드(motherhood)'로 바라본다. '엄마 예술가'로 일반화하지도 않는다. 엄마인 상태에 있는 예술가로 보며 삶 속에서 여성과 예술 그리고 각자의 '엄마됨'을 끊임없이 변화하는 상태로 본다. 인터뷰이 중 헤셀홀트 & 마일방은 다음과 같이 말한다. 여성 예술가는 커리어와 아이를 동시에 가질 수 없다는 단언을 항상 들으며 산다고. 이런 이유로 많은 여성 예술가들이 엄마를 작품 주제로 다루지 않고 엄마임을 드러내지도 않았다. 헤셀홀트 & 마일방은 일부러 사람들이 남성으로 여길 법한 주제로 작품 활동을 하기도 했다. 하지만 이런 저런 시도 끝에 다다른 결론은 '엄마됨'을 배제하고는 정체성을 규정할 수 없다는 본질이었다. 또 다른 인터뷰이 헬렌 뉘복 베이는 그대로의 자신을 향한 열망, 스스로가 감당할 수 있는 엄마의 책무 앞에서 솔직해야 한다고 말한다. 외롭지만 한편 새로운 빛을 보며, 이들은 자신의 길을 나아가고 있었다.

요즘 나는 '일이란 무엇인가?' 계속 질문을 던진다. '엄마의 정체성이 일에 어떤 영향을 미치는가?' 반대로 '직업인으로서 정체성이 엄마 역할에 어떤 영향을 미치는가?' 함께 돌아본다. 나는 늘 스스로를 책임질 수 있는 어른이 되고 싶었다. 일은 사회에서 독립적인 주체로 살 수 있도록 해주는 활동이었다. 그리고 일은 어느 방향으로든 계속 나아지고자 하는 나의 욕구를 충족시키는 수단이기도 했다. 무엇보다 직업인으로서 나는 엄마라는 정체성이 생기기 전, 내가 선택한 나였다. 엄마가 되었다고 해서 지워버릴 수 있는 성질의 것이 아니었다. 하지만 엄마가 되는 순간 예전과 똑같은 방식으로 직업인으로서 정체성을 유지할 수는 없었다. 이는 내면의 불화가 됐지만 나를 좀더 솔직하고 객관적으로 바라보게 했다. 사실 생의 주기에서 언젠가 맞닥뜨려야 할 순간이기도 했다. 엄마가 되어 넓어진 세상과 다면화된 감정의 크기를 이제는 흔쾌히 바라보고자 한다.

네덜란드에서 활동 중인 아티스트 실라 클레냔스키(Csilla Klenyánszki)의 작품 〈집 속의 기둥들(Pillars of Home)〉은 "엄마이자 예술가로서 삶의 균형을 찾을 수 있는가"에 대한 98개의 답이다. 실라는 아이가 자는 30분 동안 거실, 주방, 침실 등 집 안을 작업실 삼아 총 98개의 기둥을 만들었다. 물건으로 이루어진 기둥은 위태로워 보인다. 그러면서도 절묘한 균형을 이룬다. 실라는 작가 노트에 "이 기둥은 언제고 무너질 수 있다"고 적었다. "작업이 무너지면 시각적으로만 위험한 것이 아니라 오브제가 떨어지면서 내는 소리로 인해 아기가 깨어나며 나의 작업 시간도 그렇게 끝이 나는 것이다." '끝없는 곡예'는 실라가 겪는 과정이자 우리의 현재다. 하지만 집 안을 지탱하는 기둥에서 찰나처럼 보이는 건 완전히 다른 세계에서 찾아온 아름다움이다. 지금은 불안해 보이지만 종국에는 삶을 빛낼 아름다움. 일단 그렇게 믿어보기로 한다.

N인분의 노동

새해를 맞아 모 영화의 관객 수를 맞혀 입소문이 난 점술가를 찾아갔다. 그녀는 내 생년월일을 듣고 한문을 휘갈겨 쓰더니 말했다.

"아들을 둘 키우고 있네."

"네? 전 초등학생 아들 하나밖에 없는데요."

"낳아야만 아들인가? 같이 사는 남자, 그 남자가 평생 키워야 할 아들이야."

함께 간 친구가 터져 나오는 웃음을 참기 위해 두 눈을 부릅뜨는 게 느껴졌지만, 정말이지 나는 조금도 웃기지 않았다. 아침 일이 떠올랐다. 남편은 머플러가 어디 있는지 물었고, 5분 뒤에 자신의 스트라이프 슈트 바지가 총 몇 벌인지 물었다. 똑같이 출근 준비를 하면서 나는 아들 아침밥을 먹이고 준비물을 챙겼으

며 옷을 입혔다. 거실 테이블에는 며칠 전 그가 먹다 남긴 맥주
와 순대 봉지가 화석으로 변해 있었던가. 일곱 살짜리가 벌여놓
은 레고 블록과 중년의 남자가 흘려놓은 옷가지를 뒤치다꺼리
할 팔자. 역시 그 점술가는 소문만큼 용했다.

"남편을 아들처럼 키운다"는 말에는 돌봄 노동의 불균형이
고스란히 담겨 있다. 남자가 임금 노동에 집중하도록 가정의 모
든 일은 여자가 담당해야 한다는 사회적 함의 말이다. 여기에는
청소, 빨래, 설거지 같은 구체적이고 육체적인 가사 노동뿐 아니
라 가족을 편안하고 행복하게 해주기 위한 감정 노동도 포함되
어 있다. 가족 구성원을 가사 노동과 육아에 참여하도록 독려하
는 역할, 생일 파티나 여행 같은 가족 모임을 챙기고 계획하는
역할까지 모두 아우른다. 그야말로 가정을 책임지는 총감독이다
(명령문을 쓸 수 있다는 점에서 감독이라고 칭했을 뿐, 요구받는 일 면면을
뜯어보면 집사나 비서에 가깝다).

가정을 책임지는 총감독 자리는 전혀 즐겁지 않다. 사실 결
혼 초반에는 불균형을 제대로 알아차리지 못했다. 둘 다 서툴렀
고, 각자 선호하는 가사 노동을 찾아 분담했고, 그럭저럭 운영
이 됐다. 그런데 아이를 낳고 부모님과 살림을 합치면서 남편은
'난 육아를 잘 모르지 뭐야?' 하는 태도로 서서히 집안일에서 발

을 뺐고 어느새 '내 일은 아니지만, 하라고 하니 도와줄게' 식의 태도를 장착했다. 책임자와 보조자의 관계로 변화하자 그는 구체적 요구에는 움직이되 자발적으로는 움직이지 않았다. 청소, 쓰레기 버리기는 했지만 아이 운동화 모래 털기, 휴지 갈아 끼우기, 떨어진 식재료를 파악해 인터넷 쇼핑하기 같은 일은 존재하는지조차 모르는 사람이 됐다.

가정의 관리자로 등극한 후 에너지가 모자라기 시작했다. 이 글을 쓰는 중에도 학원비 결제일이라는 전화를 받았고, 스웨터를 드라이클리닝 맡기라는 엄마의 카톡을 받았으며, 포털 사이트 쇼핑 배너를 보고 집에 달걀이 떨어졌다는 사실을 떠올렸다. 남편에게 아이 예방접종을 할 병원을 검색하라고 부탁 같은 지시도 했다. 짬 나는 시간은 모두 인터넷 장보기, 주말 나들이 장소 검색하기 등에 사용하고 있는데 가족을 위해 밑 빠진 독에 물 붓기 같은 보조를 하다 보면 정말이지 에너지가 달린다. 그리고 세상에서 가장 비겁하다고 생각하던 변명이 실제로 입 밖으로 튀어나온다. "바빠 죽겠네. 오늘도 원고를 다 못 마치겠어." 똑같은 시간에 출근한 남편은 업무 시간 동안 과연 몇 분이나 가사를 생각했을까.

저널리스트이자 작가 제마 하틀리는 저서 《남자들은 항상 나를 잔소리하게 만든다》에서 여자들에게만 보이는 지긋지긋한 감정 노동에 대해 말한다. 가사와 육아를 정확히 5대 5로 나눈다고 해도 여성들이 그 일을 수행할 때 사용하는 감정 노동은 수량화되지 않는다는 것. "왜 그는 하지 않는가? 왜 꼭 부탁을 해야 할까? 처리해야 할 일을 가장 먼저 발견하는 사람이 항상 여자일까?" 정확하게 내가 묻고 싶은 질문이었다. 사회적 지위가 분명한 중년의 남성에게 끊임없이 할 일을 지시해야 하는 기이한 상황을 설명해주는 분명한 언어였다. 그러니까 왜 여자는 돌봄 노동을 가르치는 노동까지 해야 하는가. 귀엽지도 않은 중년 남성을 왜 아들 키우듯 해야 할까. 나아가 가사 노동의 불균형을 풀어보자고 대화를 시도하는 노동까지 왜 여자의 몫이어야만 하는가. 이유는 하나다. 살면서 해야 하는 일이라고 요구받지 않았기 때문이다.

돈 벌어오는 남자, 가사 노동과 육아를 전담하는 여자는 산업화 시대에 만들어진 역할 분담 모델이다. 효과적으로 노동자를 길러내기 위해 고안된 캠페인 같은 정책이었다. 시간이 흘러 사회는 복잡해졌고 여성 역시 일터로 나갔지만 가사는 여성의 몫이라는 의무만 달라지지 않았다. 엄마의 뒷바라지를 먹고 자란 밀레니얼 세대는 엄마가 집안 살림과 대소사를 책임지는 동안 아빠가 소파에 누워 있는 모습을 보며 자랐다. 〈뽀로로〉를 보며 '왜 요리는 루피만 할까' 의문을 품었지만 남자 형제보다 가사 심부름에 자주 동원되며 무의식중에 가사의 총책임자는 여자라는 메시지를 주입받았다. 딸들이 무럭무럭 자라 만난 세계는 더 험난하다. 임금 노동을 해서 가정 경제에 보탬이 되면서도 가정을 완벽하게 운영해야 한다. 사회가 우리에게 요구하는 여성상이다.

경험했기 때문에 확실히 말할 수 있는데 집안일은 잘하도록 타고난 게 아니라 자주 하면서 익숙해질 뿐이다. 남편은 꼼꼼한 성격이라 당근도 잘 썰고 창틀 청소도 잘하지만 그 일의 책임자는 나다. 사회는 카레 속에 든 당근 모양으로 가사 담당자를 결정하지 않는다. 육아 역시 마찬가지다. 나는 아이를 낳은 당사자이기에 출산휴가를 받았고 그 기간 동안 남편보다 아이를 더 자주 돌보았다. 이 과정에서 육아에 먼저 익숙해졌고 그 결과 책임자가 됐다. 처음부터 그와 나 사이에 능력 차이는 없었다. '가사 노동과 감정 노동을 자기 일로 생각하느냐 아니냐'가 실력 차이를 낳았을 뿐이다.

남편과 둘이 살던 시절, 가사 노동은 누가 더 오랫동안 더러움을 견디느냐의 싸움이라고 말하곤 했다. 더 이상 버티지 못하는 자가 치우게 되는 일종의 게임으로 여겼다. 다시 부모님과 함께 살면서 나는 더 이상 그런 말을 하지 않는다. 게으름을 부려서, 내 눈에 보이지 않아서 하지 않은 노동은 남편이 아니라 나이든 우리 엄마에게 돌아갔다. 아내가 있어 야근과 회식이 자유로운 남자처럼 나는 엄마가 있어 출장과 저녁 약속에 참석할 수 있었다. 엄마가 손목을 다쳤을 때는 가사 도우미를 구했다. 이어달리기 배턴 터치를 하듯 가사 노동이 넘어갔다. 엄마 또래의 중년 여성이 엄마의 일을 대신했고 우리 집은 다시 평소처럼 돌아갔다. 우리 사회는 가사 노동과 감정 노동을 여자에게 대물림한다.

불만으로 가득한 논조에서 느껴지겠지만, 가사 노동의 편향된 쏠림은 '살림은 누군가를 보조하는 것, 그래서 중요하지 않은 것'이라는 인식을 심어줬다. 온종일 가사를 하면서도 일하는 존재로 인정받지 못했던 우리 어머니들은 그 소모성에 진력이 나서 딸들을 부엌에 얼씬도 못 하게 했다. 비록 심부름은 자주 시켰지만 "너는 나처럼 살지 마라", "뜨개질할 시간에 나가서 놀아라"라고 진심으로 조언했다. 전통적으로 여성이 해오던 일을 하지 말라는 메시지는 나에게 '여성적인 것은 하찮다'는 메시지 역시 전했다. 부엌일에 관심을 가지면 미래에 내가 머물 곳은 부엌이 될 것만 같았다. 1990년대에 중·고등학교 시절을 통과하며

'가정'이 필수 교과과정에서 종적을 감추고, '정보통신'이 그 시간표를 대체하는 과정을 지켜봤다. 섭섭하진 않았다. 나를 둘러싼 사회가 한목소리로 가정 바깥에 더 중요한 일이 있다고 했으니까. 그렇게 내 머릿속에서 살림은 '하찮은 행위'가 됐다.

《페미니즘 탐구생활》의 저자 게일 피트먼 역시 학교에서 바느질, 요리 등을 가르치지 않는 것은 철저히 성차별적인 일이라고 지적한 바 있다. 전통적으로 여성이 했던 일을 현대 여성은 배울 필요가 없다는 관점은 여성적인 것을 나쁜 것으로 여기는 것과 마찬가지라는 얘기다. 1990년대에 잡지 〈버스트(Bust)〉를 창간한 데비 스톨러(Debbie Stoller) 역시 비슷한 경험을 고백했다. 사실 데비는 뜨개질하거나 수를 놓거나 바느질할 때 여자 가족과의 연대감을 느꼈다. 하지만 자신의 취향을 드러내긴 두려웠고 결국 남몰래 뜨개질을 시작했다. 사실 뜨개질은 잘못이 없었다. 목공만큼 공간 지각력과 집중력을 요구하는 전문적 활동이지만 여성적인 일로 분류되자 하찮은 일이 되었다. 이런 사회에 문제의식을 가졌던 데비는 잡지에 여성적인 활동의 가치를 재평가해야 한다는 글을 썼다. 뜨개질을 되찾아오자는 '스티치 앤 비치(Stitch'n Bitch)' 운동을 벌였고 공공장소에서 공공연하게 뜨개질을 했다. 여성의 일에 가치를 두고 공예 분야에서 여성의 역사를 존중하자는 함성이었다.

소외당했던 역사를 지닌 여성 예술가에게도 살림은 오랜 화두였다.《나의 사적인 예술가들》에서 저자 윤혜정은 "김수자가 1990년대 초 바느질, 빨래, 청소, 요리, 다리미질, 다듬질, 장보기 등 현대미술이 도외시한 일상적 가사 노동 행위를 미술 언어로 개념화하고 현대미술사에 미적, 사회적, 심리적인 면에서 예술 행위로 재정립했다"고 기록했다. 김수자의 작품은 바늘로부터 시작했다. 회화가 아닌 자수로 작업하는 가다 아메르(Ghada Amer) 는 인터뷰에서 "남성의 예술로 여겨지는 '회화'를 거부하고 싶고, 여성적인 것으로 여겨지던 전형적인 도구인 자수로 그림을 그린다"고 말했다. 그녀의 첫 자수 작품은 〈5인의 직장 여성(Five Women at Work)〉(1991)으로, 화폭에는 청소하고, 쇼핑하며, 요리하고, 아이를 돌보는 여성 네 명의 모습이 있었다. 다섯 번째 여성은 그녀들을 수놓고 있는 작가 자신이었다.

양혜규의 작품 〈소리 나는 가물(家物)〉을 보며 다시 드는 생각은 살림의 재정의의 필요성이다. 다리미, 빨래집게 등 우리가 일상적으로 쓰는 물건은 거대하게 확대되어 자신의 귀한 쓸모를 묻는 듯하다. 작가는 살림은 매니지먼트의 영역이며 정말 대단한 일이기에 존경과 영예를 부여하고 싶다고 설명한 바 있다.

살림이란 단순히 집안일이 아니라 우리 삶이 원활하게 굴러가도록 큰 계획을 짜고 세부적인 방안을 실행하는 것이다. 살림을 하지 않는다는 건 스스로 삶을 꾸려나가는 독립성도 갖추지 못한 것이다. 살림을 뒷바라지가 아닌, 삶을 매니지먼트하는 행위로 확장하면 요리, 청소를 비롯해 뜨개질, 화초 돌보기에도 재미있는 구석이 보인다. 내 눈을 가린 건 살림은 쓸데없다는 세상의 폄하다. 식재료로 새로운 음식을 만들거나 뜨개질한 모자를 선물하기 좋아하는 사람은 여성적이 아니라 그냥 그러한 인간일 뿐이다. 자수와 복싱을 동시에 좋아할 수 있으며 바느질을 좋아한다고 가족을 위해 희생할 준비가 되어 있는 것도 아니다. 우리는 보다 자기 식대로 존중받을 필요가 있다.

제마 하틀리는 책 말미에 이르러 남편과 어느 정도 가사와 감정 노동 분담에 성공한다. 끊임없이 대화하고 스스로 관리자 역할을 내려놓음으로써 변화를 일궈냈다. 법이 아닌 개인이 해낸 이 성취는 솔직히 영화에서나 볼 수 있는 해피엔딩에 가깝다. 남편을 변화시키는 감정 노동을 할 바에야 가사 노동의 짐을 홀로 짊어질 여자들이 대부분이라 그렇다. 바닥을 굴러다니는 아이의 양말을 수시로 주워서 세탁기에 넣어야 하는 이유를 남편에게 설명하기보다, 얼른 해치워버리고 넷플릭스를 보는 편이 훨씬 손쉽다. 하지만 자신의 몫인 1인분의 노동을 하지 않아서 파트너가 끊임없이 그 일을 해야 한다면 결국 다 같이 불행해질 수밖에 없지 않을까. 나는 설거지를 할 테니 당신은 아이를 씻기고 재우라고 부탁 같은 지시를 해야 하는 감정 노동은 설거지보다 삶을 지치게 한다.

나는 오히려 기술 발달에서 희망을 본다. 3대 필수 가전제품으로 꼽히는 건조기, 로봇청소기, 식기세척기는 가사 노동에 대한 기준을 높이긴 했지만 다소 손을 덜어줬다. 감탄사가 절로 나오는 기특한 가전제품이 나올 때마다 가사 노동의 고단함이 수면 위로 올라오는 것도 순작용이다. 나는 그저 인공지능 로봇이 가사 노동을 완벽하게 해내는 날, 이 모든 기계의 조작을 여자들이 도맡고 있지 않기만을 바란다. 전자 기기 다루기만큼은 남자가 여자보다 잘한다고 알려진 일 아닌가. 고전적인 성 역할 고정관념에서 비롯된 잘못된 믿음일지라도.

각방 라이프

장클로드 카우프만의 《각방 예찬》은 출간 당시 베스트셀러에 오르진 못했지만 '차마 말하지 못했던 부부 침대 문제'를 침실 밖으로 끌어냈다. 30년 넘게 부부 관계를 연구해온 저자가 만난 150여 커플은 함께 방을 쓰는 문제에 대해 솔직한 심정을 전한다. "부부 관계가 죽었구나 하고 생각할 때가 언제냐면, 아침에 일어나서 처음 드는 느낌이 살인 충동일 때죠.""남편이 코를 골 때면 맹수가 으르렁대는 것 같아요. 침대 속에 표범이 한 마리 있는 거죠." 이와 같은 갈등을 거쳐 각방을 쓰게 된 커플들은 다음과 같은 소감을 전한다. "이제 좀 살 것 같아요. 천국이 아닌가 싶고, 사랑에 짜릿한 맛이 더해지죠!" 그리하여 저자는 결론을 내린다. 사랑하려면 떨어져서 자야 한다고. 같이 자는 한 침대는 사랑을 죽일 수도 있다고 말이다.

나는 이 책의 첫 장부터 마지막 장 마침표까지 동의한다. 과거 결혼한다고 생각했을 때 가장 두려웠던 건 '내 공간이 사라지면 어쩌지?' 하는 걱정이었다. 〈섹스 앤 더 시티〉의 캐리가 가장 진보적으로 느껴졌던 순간은 에이든과 동거를 시작한 후 자신의 공간을 무신경하게 침범하는 그의 옷가지를 못 견디고 커튼을 달아버렸을 때다. "당신을 정말 사랑하지만 나는 내 공간이 필요해." 버지니아 울프도 말했다. 여성이 자유의 문을 열 수 있는 두 가지 열쇠만 찾을 수 있다면 미래에는 여성 셰익스피어가 나올 수 있을 것이라고. 그 두 개의 열쇠는 고정적인 소득과 자기만의 방이다. 그리하여 결혼 전 나는 남편에게 '방귀방'이 필요하다고 말했다. 가스를 배설하는 쾌락을 누리지 못할까 봐 제안했던, 농담 섞지 않은 진심이었다. 하지만 캐리도, 버지니아 울프도 아니었던 나는 커튼 고리 한번 달아보지 못하고 결혼했다.

　결혼 후 각방에 대한 욕구가 일어나는 시간은 연애할 때 콩깍지가 벗겨지기까지의 시간과 동일하다. 상대방 때문에 나의 휴식 추구권을 포기하고 싶지 않아질 때부터다. 잠자는 습관이 정확히 일치하는 파트너를 만나는 일은 인기 정점의 아이돌이 콘서트장에서 나만 바라볼 가능성보다 낮다. 우리 모두는 이불을 돌돌 말거나, 김밥처럼 굴러다니거나, 8분의 6박자로 코를 골거나, TV를 켜놓거나, 이를 박박 간다. 멀리 갈 것도 없이 우리는 모두 숨을 쉰다. 파트너의 숙면을 방해하는 건 숨결 한 줌일 때도 있다. 남편은 다리 사이에 '뭔가'를 끼고 자는 습관이 있었는데 결혼 후 '뭔가'를 나로 정한 모양이었다. 이불이나 기다란 베개보다 따끈한 피가 흐르는 아내가 수면 애착물로 적당했을지는 몰라도 나는 출근길 만원 버스에 껴 있는 것만 같았다. 숨 막힌다고 항변했지만 스스로 날씬하다고 자신하는 남편은 자기 다리가 무거울 수 있다는 사실을 믿을 생각이 없었다.

침대는 인간 전용 충전기다. 고된 하루를 마치고 하루 종일 몸을 조이던 벨트, 스타킹 따위의 허물로부터 빠져나와 침대로 기어 들어갔을 때 찾아오는 안도감이란. 폭신한 시트는 날 선 근육에 이제 그만 쉬어도 된다고 토닥인다. 침대에 기대 마시는 캔맥주는 브루어리에서 갓 뽑은 맥주보다 맛있고, 이불 동굴에서 보는 웹툰은 극장에서 4D로 보는 애니메이션보다 재미있다. 그런데 결혼을 하고 나면 그 신성한 자유의 땅에 침입자가 생긴다. 침대를 나눠 써야 한다면? 충전의 속도는 더뎌진다. 적당히 차갑고 사각거려야 할 시트가 뜨뜻미지근하게 데워져 있다면? 매번 중고 충전기를 사용하는 셈이다. 게다가 우리에겐 밀폐된 공간에서 혼자 하고 싶은 일이 제법 있다. 새끼손가락으로 시원하게 코 파기, 알고리즘이 제안하는 유튜브를 끝도 없이 보기 같은 일. 그냥 아무도 없길 바라는 순간들. 침대라는 주제에 천착해온 작가 최수철은 침대 위에 누워 그치지 않는 영감을 얻었다고 말했다.

강아지도 오줌으로 자기 영역을 표시하는데 어째서 우리는 각자의 땅을 잃어버린 걸까. 도대체 언제부터 결혼하면 한 침대에서 자는 게 당연해진 걸까. 각자 다른 라이프스타일로 불면의 밤을 보냈던 부모님은 환갑을 넘겨서야 다른 방에서 잠을 청하신다. 하지만 나는 부모님이 각방을 쓴다고 집 밖에서 말씀하시는 걸 들어본 적이 없다. 얼마 전 결혼한 친구는 집들이 날 싱글 침대가 두 개 놓여 있는 침실에 대해 "남편 코골이가 심해서⋯⋯"라고 묻지도 않은 질문에 설명을 늘어놓았다. '각방'을 검색하면 '배우 김○○ 남편과 각방살이 고백', '아내, 각방 고수하는 남편에 눈물' 같은 기사가 뜬다. SNS에 평소에는 함께 생활하다 잘 때만 각방을 쓰는 '수면 이혼(sleep divorce)'이 유행하고, 한 설문 조사에서 미국인의 3분의 1이 각방을 쓴다고 나왔지만 세상은 여전히 각방 쓰기를 별거의 전 단계이자 불화의 증거로 여긴다.

역사를 거슬러 올라가보면 극빈층을 제외하고 부부는 한 침대에서 자지 않았다. 로마 시대에는 침대에서 먹고 읽고 쓰고 손님을 맞이했다고 전해진다. 가장 편안한 공간을 자유롭게 사용하는 본능적 상황에 도덕적 잣대를 들이민 건 종교 집단이다. 중세 말 가톨릭 교회는 침대를 강력한 부부 결합의 상징으로 정착시켰고 침대를 따로 쓰는 일은 불경한 일이 되어버렸다.《파리지엔은 남자를 위해 미니스커트를 입지 않는다》의 저자는 불과 몇십 년 전만 해도 할머니, 할아버지는 각자 자기 방에서 정숙하게 따로 잤다고 기억한다. 시대에 따라 부부에게 요구되는 도리는 달랐고, 부부가 쓰는 침대에는 점점 더 가치와 이미지가 덧입혀졌다. 한마디로 '신화'가 생긴 것이다.

침대 신화에서 자유로운 쪽은 오히려 침대 자체다. 잠자는 배우자 옆에서 3단 점프를 하는 광고로 잠자리의 편안함을 강조하던 시몬스 침대는 말하자면 우린 모두 홀로 편하게 자고 싶은 욕구가 있다는 사실을 말한 선구자다. 요즘 침대는 이보다 좀 더 솔직하다. '따로 또 같이'를 전면에 내세운다. 모션 베드라고 불리는 시대의 발명품은 싱글 침대 두 개로 구성된 트윈 베드다. 레고 블록처럼 언제든 뗐다 붙였다 할 수 있다. 등판, 다리판도 척척 움직여 무지개 자세로 책을 보든 물구나무서기 자세로 잠을 자든 상대방을 방해하지 않고 방해받지 않는다. 천재적인 가구가 아닐 수 없다. 이번 생에 또 한 번 결혼하는 미친 짓을 저지른다면 밥솥보다 먼저 구매하려고 생각하고 있다.

결론적으로 나는 시시때때로 남편과 따로 잔다. "우리 따로 잘까?"라는 말을 입 밖에 낸 적은 없으니 사회적 통념에 당당히 맞선 건 아니다. 각방 라이프는 마치 연어가 산란기가 되면 어릴 때 살던 곳으로 돌아가듯 자연스럽게 이루어졌다. 한 명이 침대를 차지하면 한 명은 소파로, 한 명이 소파를 차지하면 한 명은 침대로 향한다. 라텍스 매트리스 침대가 솜 쿠션 소파보다 쾌적하지만 이를 두고 다투지 않는다. 라텍스 매트리스에서 둘이 부대끼는 것보다 소파에서 쪽잠을 청하는 편이 행복하다는 사실을 깨달은 후부터다. 침대에서 불가사리처럼 온몸을 펼치면 기분이 좋지만 같은 욕구를 가진 남편과 다리 각도를 맞추면서까지 누리고 싶은 행복은 아니다.

각자 자리를 잡고 나면 내일을 위한 휴식에 돌입한다. TV, 책, 스마트폰 등 사각형의 세계에 빠져 있는 상태는 짜릿하지 않지만 평화롭다. 우리 일상은 작은 평화로 채워지고 유지된다. 나는 '각자의 방'에서 넷플릭스 시리즈 〈지니&조지아〉를 보며 마커스 역할을 맡은 배우 펠릭스 맬라드에게 빠져들고 있지만 남편에 대한 마음은 조금도 달라지지 않았다.

네, 평창동입니다

　　지나칠 때마다 자연 풍광이 어우러진 붉은 벽돌 집이구나 했던 이웃집이 있다. 우연히 초대를 받아 마당에 들어서자 구석에 비밀스러운 계단이 보였다. 가파른 계단을 내려간 끝에는 자그마치 계곡이 있었다. 입구가 오로지 이웃집뿐인 계곡이. '자연이 선사한 개인 수영장'에는 청설모의 앙증맞은 분홍빛 혀나 개구리의 미끌미끌한 발길밖에 닿지 않았을 태초의 물이 기세 좋게 흐르고 있었다. 여섯 살 된 이웃집 손자는 거북이 튜브를 타고 둥둥 떠다니고 있었다. 조심스레 신발을 벗고 계곡 물에 발을 담그자 바빠서 워터파크 근처도 못 간 여름 내 억울함이 조금 씻겨 내려갔다.

　　이웃집의 신비로운 수영장 얘길 단톡방에 꺼내자 친구들은 난리가 났다. '친하게 지내라'부터 '대체 그런 집은 얼마에 살 수 있느냐'까지. "잠실 너희 집 전세금 빼거나, 반포에 있는 부모님 아파트 팔면 두 채는 살걸?" 지역차를 건드리는 민감한 한마디에 단톡방은 고요해졌다.

나는 택시를 타면 열 번 중 아홉 번은 "공기 좋은 곳에 사시네요"라는 소릴 듣는 행정동은 평창동이자 법정동은 구기동인 곳에 산다. 김수현 작가 드라마에서 "네, 평창동입니다"라고 전화를 받는 고급 주거 단지와는 다소 떨어진 북한산 깊은 산자락 초입이다. 창문을 열어놓고 자면 곤줄박이와 박새, 딱따구리 소리에 잠에서 깨고, 저녁이면 여치와 베짱이, 귀뚜라미 소리가 돌비 시스템 사운드로 펼쳐진다. 비 냄새, 낙엽 태우는 냄새, 풀 비린내가 계절의 변화를 알린다. 여름이면 개구리 합창이 소란해 창문을 닫아야 하고, 겨울이면 꿩이 먹이를 찾아 앞마당으로 내려오는 집. 매일 아침 나는 창밖 산봉우리를 배경 삼아 뜨끈한 국에 밥을 말아먹는다.

말로는 부러워하지만 내 선택을 따라 이곳으로 이사 온 지인은 없다. 대자연의 거친 품으로 들어간 대가는 불편함이다. 달걀 한 판 사려면 슈퍼마켓까지 2킬로미터를 걸어야 하고, 버스정류장에서 집까지 가파른 언덕을 식식거리며 올라야 하며, 병원에 가려면 이웃 서대문구나 은평구로 나서야 하는 수고(그 이

하는 생략한다). 이곳에 집을 사겠다고 했을 때 재무 컨설턴트는 말했다. "평창동 빌라로 이사 가면 부동산 앱 삭제하고 부동산 뉴스에는 귀 닫으세요. 공기 좋은 환경에서 부모님 잘 모시고 아이 잘 키우세요." 65퍼센트가 개발제한구역인 이 동네에 지하철, 명문 학교와 학원가 그리고 한강 조망권은 없다. 무엇보다 브랜드 대단지 아파트가 없다. 그러니까 한마디로 집값이 오를 일은 없다. 이곳으로 이사하는 것은 '부동산 전쟁에서 나는 이만 빠지겠소' 하는 선언과 같다. '먼저 가시오. 소자에겐 뼛속까지 탈탈 털어도 투자에 필요한 총알이 없소. 부동산으로 신분 상승은 불가능하오……!'

21세기를 통과하고 있는 우리 세대에게도 억울한 순간 '그때 그걸 샀어야 했는데'가 존재한다. 나는 부동산 시장에 어두웠고 언젠가 옮겨야 하는 전셋집, 월셋집인 남의 집에서는 내내 붕 뜬 느낌을 받곤 했다. 터전을 옮길 때마다 동네에 대한 흥미가 일었지만 소아과부터 하나하나 알아가며 뿌리를 내리는 과정은 고단했다. 아파트 키즈로 자랐음에도 수백 가구가 똑같은 구조의 공간에서 먹고 잔다는 점이 불쑥 섬뜩하기도 했다. 가스통 바슐라르는 한국의 아파트에 살아본 적도 없으면서 아파트에 사는 일은 작은 비극이라고 했다. 그래서 아파트 살 돈도 없는 김에 가족과 오래오래 행복하게 살 수 있을 것 같던 이곳으로 왔다.

공간은 습관을 바꾸고 생각을 바꾸며 관계에도 영향을 미친다. 이곳에 온 뒤 예전보다 자주 가족과 얼굴을 마주하고 밥을 먹는다. 수시로 보수해야 하는 1990년대 빌라라는 공동 과제로 가족 사이는 끈끈해졌다. 물론 문방구와 키즈 카페를 향한 아이의 마음은 더 간절해졌다. 그리고 이곳으로 온 후 지금까지 숨 쉬는 내내 서울 아파트 값이 올랐다.

특수하게도 한국 사회에서 집은 주거와 투자가 뒤섞인 의미다. 사교육 환경과도 긴밀하게 연결되어 있다. 그사이 부모와 은행 대출의 힘으로 아파트를 마련하고 수억 원씩 번 친구들이 생겼다. 월급으로 절대 모을 수 없는 자산을 아파트가 척척 벌어주는 광경을 목격했다. 아파트라는 괴생물체가 주인을 대신해 밤낮없이 경제활동을 하는 모습은 어떤 SF 영화보다 비현실적으로 보였다. 가족 중 한 명이라도 경제활동을 그만두면 이사를 가야 할 만큼 대출금을 짊어지고 있는 우리와 애초에 장르가 달랐다. 그즈음이었다. 과묵한 남편의 중얼거림이 들린 것은. "그때 어떻게 해서든 그 아파트를 샀어야 했는데."

사돈, 아니 친구가 산 아파트와 방향을 잃은 정부의 부동산 정책보다 분노가 치미는 건 투자 활동을 '구질구질한 것' 정도로 여기던 나의 과거다. 누구보다 자립적 인간이 되길 꿈꿔왔으나 근로로 획득한 돈만 유의미하게 생각했다. 특히 부동산은 먼 훗날 저절로 해결될 일쯤으로 여겼다. 이런 인식은 어릴 때부터 자연스럽게 형성되었다. 대놓고 돈 얘기를 하는 건 교양 없는 태도라는 지적, 우리 모두 받지 않았던가. 투자 활동을 잘해낼수록 고단한 노동으로부터 조금이라도 자유로워질 수 있음을 몰랐고 신경 쓰지 않았다. 하지만 나이가 들어 노동을 못 하게 되었을 때를 대비하지 않으면 빈곤의 나락으로 떨어질 수 있다. 돈은 삶과 직결된다. 홈리스가 된 여성의 이야기를 그린 소설《신을 기다리고 있어》는 남의 일이 아니다.

무엇보다 다시 깨닫는 건 여성들의 투자 활동이 폄하되어 왔다는 사실이다. 대한민국의 많은 가정이 여성의 안목으로 부동산 성공 신화를 일궈왔는데 무슨 소리냐고 묻는다면 그 이미지가 과연 전문적인가 반문하게 된다. 돈을 쓸 줄만 아는 소비의 주체 혹은 부동산 투기에 몰두하는 복부인. 사회가 만들어낸 여자'상' 안에서 우리는 돈에 관심을 가지고 돈을 얘기하고 돈을 모으는 행위를 '궁상맞다', '지독하다', '천박하다', '욕심이 많다', '야무지다'고 보게 됐다. "월급만으로 직장 3년 차에 '억'을 모은 사람들" 같은 기사를 보며 대단하다 싶었지만 멋있다고 생각하진 않았다. 그 결과 나는 경제를 이해하지 못하고 돈을 모을 수 있는 타이밍을 상당수 놓쳤으며 경제적 자립성이 있었다면 펼쳐졌을 기회를 경험하지 못했다. 평창동 빌라에 밀려오는 후회는 막연한 선택이어서다. 돈을 좇기보다 일상의 쾌적함이 중요하다고, 나는 좀 다른 선택을 하는 사람이라고 치장했을 뿐이었다. 진정으로 부동산을 이해하고 상황을 정확하게 인지하며 삶의 방식에 맞춰 도달한 온전한 결론이었다면 지인들이 모두 빌딩 한 채씩 소유하고 있더라도 배가 아프지 않았을 것이다(아, 비유가 적절치 않은 것 같다).

오랜만에 재무 컨설턴트에게 전화를 걸어 영화 〈인터스텔라〉처럼 과거로 돌아간다면 똑같이 조언하겠느냐고 물었다. "물론입니다. 감당 가능한 범위까지 대출은 자산이거든요. 투자가 아닌 거주 목적이었고요. 강남에 입성한 친구분, 실제로 통장에 찍혔나요? 거주하고 있다면 아직 결과는 아무도 모르는 거예요. 그 친구분은 양도세 엄청 내야 할 수도 있습니다." 재무 컨설턴트는 사는 동네가 만날 경제 뉴스에 나오면 얼마나 심리적으로 불안하겠느냐며 위로 같지 않은 위로를 건넸다. "부동산 뉴스나 주변 이야기에서 벗어날 수 있는 방법이 한 가지 있어요. 그들과 다른 형태의 자산을 만드셔야 해요. 대출만 갚다 보면 계속 나만

뒤떨어지고 있다는 생각이 들기 마련입니다. 비록 '영끌'을 했지만 덕분에 거주가 안정되었고, 낮은 금리로 대출금을 갚고 있으니 오히려 이득을 본 겁니다. 대신 줄어든 대출 이자만큼 투자를 시작하면 좋겠죠."

전화를 끊고 나서 나는 다시 부동산과 주식 거래 앱을 깔았다. 돈을 대했던 이중적 태도에서 벗어나기 위한 미약한 시도. 오늘도 대한민국에서는 〈잭과 콩나무〉 속 콩나무처럼 고층 아파트가 솟아오르고, 가을 국화 꽃을 피우기 위해 평창동 소쩍새는 그리도 운다.

2부

마흔의
불안

진심으로 나이는 상관이 없다고 생각한다.
그런데 놀라울 정도로 신기하게 마흔을
지나면서 미묘하게 몸이 변하기 시작한다.
흰머리가 늘고 체력 자신감이 떨어진다.
그 변화는 남은 시간을 알려주는
시작 버튼을 누른 타이머처럼 불안한 감각을
각인시킨다. 정상에 오른 적도 없는데
내려갈 일만 남았다니 초조하고 조급해진다.
하지만 공공재처럼 모두가 말을 보태며
간섭하던 인생에 드디어 음소거 버튼을
눌러도 되는 시기이기도 하다. 선택이나
결정에 책임을 져야 하지만 내게 중요한
것이 비로소 선명하게 보인다. 스멀스멀
올라온 불안은 그렇게 점차 견딜 수 있는
불안이 된다. 40대를 통과하며 비로소
내 마음대로 해도 되는 독립성을 확보하다니
정말이지 100세 시대답지 아니한가.

다만 가면에서 구하소서

      편집장은 모를 것이다. 내가 매달 원고를 낼 때마다 밑바닥이 드러날까 봐 전전긍긍한다는 것을. 일필휘지로 써 내려간 듯 '무심한 듯 시크하게' 원고를 '툭' 제출하지만 속으로는 '이번 달도 무사히 넘어가길' 빌고 또 빈다.

      인터뷰 때도 마찬가지다. 팬들이 지구 반대편까지 줄 서 있는 아이돌을 만날 때도, 레드 카펫에서 내려온 배우를 만날 때도, 고결한 문장으로 심금을 울리는 소설가를 만날 때도 잡지사 에디터 탈을 쓰고 이들을 속이고 있다고 여긴다. 사실 나는 이런 유명인을 인터뷰할 만큼 유능하지 않은데 운이 좋아 기자가 됐고, 부족하지만 성실해서 이 자리를 유지하고 있다고 말이다.

      처음에는 그저 자신감의 결여 정도로 여겼다. 혹은 더 잘하고 싶은 욕심 때문으로 여겼다. 그런데 아무리 써 내려간 원고의 숫자가 늘어나고, 승진을 하고, 주변에서 칭찬을 받아도 스스로를 향한 의심과 불안한 감정이 사라지질 않았다. 그러다가 밸러리 영의 《여자는 왜 자신의 성공을 우연이라 말할까》를 읽고 깨달았다. 나에게는 '가면 증후군(Imposter Syndrome)'이 있었다.

1978년 심리학자 폴린 클랜스와 수잔 임스가 처음 명명한 이 증상은 "높은 성취의 증거에도 자신이 똑똑하거나 유능하거나 창의적이지 못하다고 믿으며, 자신의 능력에 대해 남들을 기만하고 있다고 생각하는 현상"을 뜻한다. 미셸 오바마, 나탈리 포트만, 엠마 왓슨 등 유명 인사들의 고백으로 더 유명해졌다. ("누가 또 날 영화에서 보고 싶어 하겠어? 난 연기할 줄도 모르는데 왜 이 일을 하고 있는 걸까." 이 고백은 자그마치 메릴 스트립의 것이다!) 그나저나 가면 증후군은 성공한 여성에게 주로 일어난다는데 증상이 비슷하다는 이유로 나를 이 범주에 넣어도 될지 갑자기 망설여진다. 지긋지긋한 자기 검열이여!

사실 나는 오랫동안 이 쭈글쭈글한 증상에 불만과 의문을 품고 있었다. 시대마다 유행하는 용어로 그 의문을 풀어본 적도 있다. 10여 년 전에는 "남자의 근자감의 정체"라는 기사로, 몇 년 전에는 "야망에 대한 이중잣대"라는 기사로 말이다. 당시 근자감의 정체에 대해 이렇게 적었다. "남자란 이래야지, 넌 우리 집장손이야……. 남자들의 근자감은 자기방어이자 과잉 자신감일지도 모른다. 사회는 약한 남자를 허용하지 않으므로 늘 복어처럼 몸을 부풀린다." 야망에 대해서는 다음과 같이 분석했다. "우리 사회는 잘난 여자를 싫어한다. 이들은 드세고 공격적이고 위협적인 존재가 된다. 여자의 야망은 선을 넘은 과욕이고 남자의 야망은 멋진 것이다." 이런 내면화된 차별이 쌓여 가면 증후군이 생겼음을 이제 나는 실감하고 있다.

성별 일반화에 유의해야 하지만 가면 증후군은 여자에게 주로 발생한다. 그리고 이 지점이야말로 우리가 이 증상을 들여다봐야 하는 가장 큰 이유다. 1980년대에 대한민국에서 태어나 똑같은 부모가 차려주는 밥을 먹고 자라 비슷한 시점부터 사회생활을 하고 있는 한 살 터울 오빠에게 나는 가면 증후군 개념을 이해시키는 것조차 어렵다. 실제로 지인 남자 몇몇에게 이 증상을 털어놓았을 때 복사해서 붙여 넣기라도 한 듯 똑같은 대답을 들려주었다. "대체 그게 무슨 말이야? 편집장이 너한테 뭐라고 하디?"

정신건강의학과 전문의 안주연은 개인마다 성향 차이가 있지만 확실히 여성에게 가면 증후군이 더 많이 발생한다고 말한다. "우리 사회는 여성의 성취를 폄하하거나 어떤 식으로든 인정하지 않는 분위기가 있어요. 여자에게는 저렇게 해봤자 행복하지 않고 시집 못 간다고 하고 남자들에게는 능력 있고 멋있다고 하죠. 실수했을 때 남자는 개인의 잘못으로 봐주고 '다음에 잘하면 되지'라고 반응한다면, 여자에게는 '여자가 그럼 그렇지' 하며 폄하해요." 순응하도록 교육받았으며 관계 지향적인 여자들은 주변의 부정적인 피드백으로부터 더 큰 영향을 받는다고 안주연 전문의는 지적한다. 이런 상황이 반복되다 보면 비난을 받지 않기 위해 완전무결한 상태를 지향하며 점점 더 높은 성공의 기준을 세운다는 것이다. "어떤 일을 한다는 것은 리스크가 계속 생기는 것입니다. 하지만 부정적인 면이 내재화되면 점점 두려워지기 마련입니다. 우리 인지에 한계가 있으니 부정적인 면에 계속해서 주목하면 긍정적인 부분을 되새길 기회가 없어지죠."

결혼하고 일하는 여자들에게는 완벽주의 가면을 두껍게 하는 또 하나의 사회적 통념이 있다. 어릴 때부터 우리는 어머니로부터 다른 사람을 우선시하고 자신을 희생하라고 배웠다. 귀로는 '무엇이든 될 수 있다'고 들으며 자랐지만 남편을 출근시키고서야 자기 볼일을 보고 육아를 도맡아 하는 엄마로부터 애초에 커리어 추구에는 누군가의 희생이 따른다는 메시지를 매일같이 부여받은 셈이다. 그래서 결혼하고 가면 증후군에 시달리는 여자들은 스스로에게 한 가지를 더 묻게 되었다. 가족을 돌보지 않거나 혹은 가족이 희생을 감수해도 될 만큼 지금 하는 일이 가치 있는가, 누구도 이의를 제기할 수 없을 만큼 이 일을 완벽하게 해내고 있는가에 대해 말이다. 그렇기에 남자들은 사회생활, 직장, 승진이 인생의 옵션이 아니라 벗어날 수 없는 의무고 인생 자체라 아무런 의심도 품지 않고 생존법을 찾는데 여자들은 그런 의무를 부여받지 않으니 인생, 시스템, 자기 자신에 대해 끝없이 회의하는 것 아니냐고, 가면 증후군은 어쩌면 엄살이나 핑계가 아니냐고 묻는 세간의 의견에는 동의할 수 없다. 경제 부양의무 2순위자로 포지셔닝된 자리에는 여자가 하는 일을 하찮게 여기는 태도, 다양한 역할을 수행하길 바라는 기대 등 여러 사회적 맥락이 얽혀 있다.

불행 중 다행인 건 가면 증후군의 불안한 심리가 커리어의 동력이 된다는 점이다. 자신을 못 믿으니, 남들보다 일찍 출근하고 늦게까지 일하며 업무에 만전을 기한다(재능은 눈에 보이지 않지만 일한 시간은 수치화되기 때문에 가면 증후군에 시달리는 사람들은 근면 성실하다). 끊임없는 자기 검증과 노력은 좋은 결과로 이어진다. 하지만 장점은 여기까지다. 일단 스스로 너무 고통스럽고, 성과를 제 손으로 깎아내리는 불필요한 겸손은 삶의 태도로 이어진다. 망설임으로 도전이 줄어드는 건 물론이다. 자기 의심으로 엄청난 시간을 보내며 성공을 자신의 것으로 여기지 못해 일 중독에 빠지거나 기대에 미치지 못할까 봐 아예 노력 자체를 그만두기도 한다. 무엇보다 가면이 벗겨지기 전에 스스로 그 자리에서 내려온다. 자작극의 연출과 대본, 주인공은 모두 우리 자신이다.

밸러리 영은 《여자는 왜 자신의 성공을 우연이라 말할까》 에필로그에서 불편한 진실을 고백한다. "가면 증후군은 줄어들 수는 있지만 완벽하게 없어지지는 않을 수도 있다." 당연하다. 편집장이 원고를 박박 찢어 하늘로 날리며 특유의 드라마틱한 어조로 "이건 쓰레기야!"라고 외칠지 모른다고 공포에 떨다가 갑자기 "소현 에디터의 문장에서는 미우치아 프라다의 진보성과 뎀나 바잘리아의 창의성이 느껴지는구나. 사실 첫 문장을 읽고 감동에 울었단다. 그 눈물에서는 아이리스꽃과 제라늄이 어우러진 레 조드 샤넬의 향기가 났지"라고 반응하리라 기대할 리가 없지 않은가.

하지만 나는 우리가 가면 증후군으로부터 벗어날 가능성이 아예 없다고 생각하지 않는다. 물론 칭찬에는 그저 고맙다고 반응하라든가, 남과 비교하지 말라든가, 당신과 같은 레벨에 있는 남자들이 얻은 돈과 기회를 떠올려보라는 전문가가 알려주는 가면 증후군 극복법도 중요하지만 원인을 스스로가 아닌 외부에서 찾아볼 필요도 있다는 생각이다. 더불어 주변 사람을 먼저 돌보도록 사회화된 자신을 부정하지 말고 후배 여자들을 위해 이런 자리에 오래 혹은 자주 앉아 있어야 한다고 생각을 전환한다면 자기 확신에 도움이 되지 않을까.

안주연 전문의도 개인의 문제가 아니라 사회적 문제로 여기라는 당부를 들려줬다. "성차별적 사회 분위기로 강화된 걸 어떻게 개인이 혼자 정신 승리로 이겨냅니까? 우리가 모자라서가 아님을 서로 얘기해주고 다양한 자리에서 다양한 활동을 하며 서로가 서로에게 용기가 돼줘야 합니다. 완벽한 사람만 성공하는 게 아님을 서로 보고 느끼며 학습한다면 좋아질 겁니다." 이 원고를 읽고 편집장은 어떤 반응을 보일까. 별다른 지적 없이 무사히 실린다면, 그게 바로 '나의 쓸모'일 것이다. 거기에는 어떤 천운도 없다.

나의 자랑 해방일지

이해를 돕기 위해 나의 MBTI부터 공개하자면 ENTP다. 관심을 먹고사는 관종의 자질이 있단 얘기다. 진단표 그대로 "능동적이며 호기심이 많고 적극적이며 뜻밖의 사건을 좋아하고 도전을 무척이나 사랑한다." 이런 자질은 잡지사 에디터로 일하는 데 레고 조각 끼우듯 잘 들어맞는다. 새로운 기획을 찾아 이곳저곳 두리번거리고, 섭외할 대상이 생기면 사돈의 팔촌 옆집 고양이 발까지 동원해 설득한다. 인터뷰할 때는? 지식으로 배틀을 하거나 덫을 놓듯 날카로운 도발까진 못 해도 두려움이나 거리낌 없이 질문하고 경청한다. 그런데 이런 내가, 이렇게 적극적인 내가 못하는 게 있다. 바로 자기 자랑이다.

신생아를 제외하고 모든 국민이 아는 K-팝 아티스트 화보 인터뷰 특집을 한 적이 있었다. 제한된 조건 때문에 멤버별로 인터뷰어가 필요했다. 팀장으로서 적당한 인물을 찾고, 성격에 맞게 인터뷰를 분배했으며, 편집과 교정까지……. 요약하자면 인터뷰 파트를 총괄해서 일을 마무리했다. 워낙 섭외가 힘들기로 유명했기에 책이 발간되자 인터뷰어들은 '내가 누구를 만났다'는 소식을 SNS에 즉각 올렸다. '좋아요'가 쏟아지고 팬들이 찾아와 감사의 댓글을 남겼으며 순식간에 팔로워가 최소 수백 명씩 늘었다. 개중 한 명은 뒷이야기로 유튜브 콘텐츠를 만들었다.

하지만 나는 끝끝내 게시물을 올리지 않았다. 모두가 만나고 싶어서 목을 매던 인물을 내가 만났다고 밝히는 게 너무 자랑으로 느껴졌다. '부럽다'는 말을 들으면 겸연쩍고 쑥스러울 것 같았다. 남들도 이런 기회가 주어졌다면 이 정도는 해내겠지 싶었다. 프로젝트에 참여했던 한 필자는 답답해하며 열심히 한 일은 티를 내라고, 동네방네 알리라고 조언했다. 그때 속으로 '유명인의 인기에 편승하는 건 좀 민망한 일 아닌가'까지 생각했는데, 이 정도면 자랑 결벽증 아닐까 싶다.

'자랑스럽다'와 '자랑을 하다' 사이에 자랑에 대한 우리의 인식 차이가 있다. '어떤 일을 한 동료가 자랑스럽다'에는 타인의 장점을 찾아내서 널리 알린 미덕이 있지만, '어떤 일을 했다고 자랑을 했다'에는 노골적인 자기 과시가 느껴진다. 전자는 긍정적이고 후자는 부정적이다. 장점이 타인에 의해 밝혀지는 건 자연스럽지만 자의에 의한 공개는 불편하다. 그러니까 우리 사회는 자랑은 스스로 해서는 안 되는 영역으로 간주해왔다. 그 탓인지 본인 입으로 자기 자랑을 끊임없이 늘어놓는 사람들이 멋져 보이지 않았다. 진짜 실력이 있다면 세상이 알 테고 진정한 실력자는 '발견되는 것' 아닌가. 스스로 자랑한다면 그런 존재에게 느끼듯 같잖게 여겨질까 두려웠다. 자랑 결벽증에는 '실력이 그 정도는 아니다', '되게 잘난 척하네' 같은 험담을 받을까 봐 무서웠던 마음도 자리한다.

정도의 차이는 있지만 내 주변 많은 여자들이 자신의 성취를 밖으로 드러내는 데 내면의 갈등을 겪는다. 한 줄만 읽어도 지성의 바람이 솔솔 불어오는 글을 써서 출판했으면서 쑥스러워서 동료 기자들에게 책을 못 돌리고, '축하한다'는 칭찬을 들으면 "대단한 책 아니에요, 1쇄나 팔릴까요"라고 말한다. 클라이언트로부터 한 달에 몇천만 원씩 받는 광고를 유치했으면서 조용히 결재만 올린다. 사실을 알고 놀라워하는 팀원에게는 "이 연차에 마땅히 해야 하는 일"이라고 말한다. 이런 성향을 가진 이들의 공통된 화법은 자기 비하인데 "나는 왜 이렇게 글을 못 쓸까. 내 글은 쓰레기야"라든지, "가성비 높은 직원이지 뭐. 이렇게 광고

따봤자 몇 년이나 더 하겠어" 같은 말을 습관처럼 내뱉는다.

직장 생활을 하며 '누구 눈에도 띄지 않고 공기처럼 살겠다'가 목표라면 내면의 갈등과 지옥은 생기지 않았을 것이다. 사실 낮은 연차에는 자랑이나 성취를 부각시켜야 할 일 자체가 없다. 막내에게 요구되는 건 재기 발랄함, 디지털 기술, 열심히 하는 열정, 터지지 않은 잠재력 정도이므로. 그런데 연차가 쌓이고 협업이 늘어 업무의 경계가 흐려지면 '누가 무슨 일을 했다'가 미묘한 감정을 일으킨다.

얼마 전 한 선배는 아이디어부터 전체 기획까지 했던 일을 회사 밖 업계 사람들은 다른 직원의 작업으로 알고 있다는 걸 깨달았다. 워킹맘이라 아이까지 친정에 맡기고 그 프로젝트'만' 해내는 동안 다른 직원은 그 과정을 자신의 SNS에 꾸준히 올린 것이다. 묵묵히 자기 자리에서 1인분 이상을 해내서 평판이 좋은 한 후배는 승진에서 누락되었다고 분통을 터뜨렸다. 성과는 자신이 나은데 최종적으로 상사와 살갑게 소통하는 동기가 먼저 승진했다고 말이다. 억울한 마음에 상사와 면담을 했는데 놀랍게도 상사는 후배가 해온 일을 속속들이 알지 못했다고 했다. 그제야 후배는 자신이 무언가를 놓쳤음을 깨달았다. 어떤 일을 했고 얼마나 애쓰는지 떠벌리지 않는다고 해서 선배와 후배에게 인정 욕구가 없는 건 아니었다. 하지만 번거롭고 쑥스러워 자랑하지 않은 그들은 마땅한 보상을 받지 못했다. 조용히 그리고 묵묵히 애쓴 우리의 노고는 회사 수위 아저씨가 가장 감동적으로 느끼고 있었다.

"어릴 때부터 자랑하면 안 된다고 훈련받은 것 같은데, 벗어나려고 애를 쓴 것 같지도 않다." 앞서 프로젝트 성취를 빼앗긴 선배는 왜 자신이 일만 해왔는지 돌이켜보며 말했다. 어릴 때부터 다수에 어우러지는 법을 배웠고 '얌전하게 굴어'라는 메시지를 숨 쉴 때마다 주입받았다고 말이다. 가정마다 정도는 다르겠지만 모나지 않고 열심히 하다 보면 보답이 온다는 메시지를 자식에게 전하지 않은 부모가 있을까. '겸손하라'는 분명 예의범절의 영역이었다. 세상은 변했지만 조금 전에도 나의 어머니는 "수학 100점 받았어!"라고 말하는 손자에게 "너무 잘난 척하면 애들이 싫어해"라고 타일렀다. 돌이켜보면 건강한 방식으로 칭찬을 주고받은 경험이 없었다. 공부는 당연히 잘해야 하는 것이었고, 못하면 혼나야 하는 일이었다. '말 안 해도 부모의 마음을 알 것'이라고, 지레짐작으로 키워진 우리는 작은 일상의 성취는 축하할 줄 모르는 어른이 되었다.

기업인이며 작가, 강연자로 활동하는 메러디스 파인먼은 저서 《자랑의 기술》에서 자랑에 대해 완전히 다른 관점을 드러낸다. 자랑이 아니라 사실을 말할 뿐이고, 자랑도 업무의 일부라는 것이다. 그녀는 정말 많은 사람이 자기가 잘한 일을 남에게 말하기 힘들어한다며 오죽하면 사람들이 자랑하도록 돕는 일을 직업으로 삼은 자신 같은 사람까지 있겠냐고 말한다(수업 시간에 경쟁하듯 "저요!" 하며 손을 드는 문화권으로 보이는 바다 건너편에서도 자랑을 힘겨워하는 사람이 다수라 기술까지 전파해야 하다니, 그 사실만으로도 위안이 된다). 능력이나 자신감을 실제보다 부풀려서 연기하라거나 대화 중 은근 슬쩍 자기 홍보를 하라는 게 아니라 자신의 의견, 능력, 배경에서 확실한 자신감을 찾은 뒤, 목소리를 높여 상사, 클라이언트 등 세상에 자신의 업적을 사실대로 이야기하고 능력을 강조하는 법을 배우라는 조언이 다가왔다.

하지만 무엇보다 자신의 성취를 말하지 않으면 오히려 사회가 오판해 실력은 없는데 목소리만 큰 사람에게 계속 기회를 주게 되니 전체적으로 사회 발전을 저해한다는 관점이 인상적이었다. 이를 통해 능력을 인정받지 못했을 때 일시적으로 속상한 데서 나아가 고통스럽고 수치스러운 감정이 장기적으로 이어지는 경우 나 스스로에게 끼칠 영향까지 파악해볼 수 있었다. 나의 오랜 매너리즘은 어찌 보면 성과를 인정받지 못해서 생긴 증상이자 자랑 결벽증이 부추긴 결과일 수도 있겠다는 생각이 들었다. 그 두 증상은 한 몸처럼 굴며 오늘의 우리를 불행하게 만들고 있었다.

메러디스는 여자들이 좀더 자기가 하는 일에 자부심을 갖길, 자신이 해낸 일이 부족하지 않다는 걸 알게 되길 바랐다. '현재 커리어가 어느 지점이든 무언가를 이뤘으면 자랑할 만하다'고도. 우리 사회는 산 정상에 올라 바람을 만끽하는 순간에만 칭찬받을 자격이 있다고 스스로를 몰아붙이게 만들었지만, 올라가는 한 걸음 한 걸음에 필요한 건 인정과 응원이다. 자랑은 이를 알리는 태도이고 말이다. 귀신은 네가 지난여름에 한 일을 알고 있을지 모르지만, 당신이 한 일은 직접 말하지 않으면 아무도 모른다. 우리의 자랑 해방일지는 여기서 시작된다.

그레이 딜레마

꼼데가르송 런웨이에 백발의 모델들이 줄지어 등장했다. 할머니의 쪽 찐 머리를 연상시키는 백발은 추상적인 레이 가와쿠보의 의상을 더욱 초현실적으로 보이게 했다. 패션계는 일제히 경험 후에야 쌓이는 지혜, 즉 나이에 대한 컬렉션이라 분석했다. 실제로 헤어 스타일리스트 줄리앙 디스(Julien d'Ys)는 현명한 여자처럼 보이게 하기 위해 긴 흰색 가발을 연출했다고 말했다. 레이 가와쿠보가 자신의 내면을 더 깊이 들여다본 결과였다. 하지만 나는 생각했다. 지혜로운 여자가 흰머리를 가만히 내버려둘 리 없을 텐데.

내 주변 여자들의 머리 색깔은 검은색에서 갈색까지 촘촘하게 분포되어 있다. 그들 중 4분의 1은 한 달에 한 번씩 염색을 한다. 유전으로 10대, 20대, 30대부터 흰머리가 나기 시작한 자들이다. 미용실에서 꼬박 두 시간 동안 앉아 있거나, 거울 앞에서 눈을 치켜뜬 채 치덕치덕 두피에 약을 바르며 셀프 염색을 한다. 물론 리빙 코럴이랄지 블랑 드 핑크 같은 매년 바뀌는 헤어 트렌드 컬러와는 무관하다. 이 행위로 원래 가지고 태어난 머리 색깔로 돌아간다. 한 명도 빠짐없이 귀찮다고, 돈 아깝다고, 시간이 많이 걸린다고 투덜거리지만 아직까지 염색을 멈춘 자는 없다. 문숙의 자연스러운 백발, 메이 머스크의 신비로운 백발, 강경화 전 장관의 쿨한 백발 얘기가 하고 싶어 입이 근질거리나? 20~40대 여자에게 흰머리는 그리 간단한 문제가 아니다.

화장품 회사에서 마케터로 일하는 친구는 염색 시기가 늦어져 흰머리가 보이기 시작할 때부터 동료들로부터 "많이 올라왔네" 같은 안부 인사를 듣는다. 처음 만난 일간지 기자로부터 "무슨 마케터가 염색도 안 해요?"라는 말을 들은 적도 있다. 아예 수개월간 방치했을 때 그녀의 상사는 "염색 좀 해"라는 말을 "점심 먹으러 가자"보다 자주 했다. 관자놀이부터 흰머리가 올라오는 프리랜서 에디터 선배는 인터뷰로 새로운 사람을 만날 때마다 관자놀이에 머무는 타인의 시선을 느낀다. 아래위로 훑어보는 느낌에 마치 알몸으로 외출한 기분이라고 말했다. "이렇게 자기 관리 못 하는 게으른 사람이 기자라니 놀라는 것 같달까. 나 스스로도 페디큐어가 벗겨졌는데 샌들을 신고 나온 기분이고." 노브라, 노메이크업이 '선택의 문제'까지 접근했다면 흰머리는 이보다 좀더 기본적인 몸가짐에 가깝게 여겨진다. 우리 사회에서 잘 손질된 윤기 나는 머리는 돈, 시간, 능력이 있음을 증명한다. 들여야 하는 에너지가 고달플수록 이를 유지하는 사람은 여유가 있음이 증명되는 아이러니다. 마케터 친구는 흰머리가 가닥가닥 섞여 있는 워킹맘들을 볼 때마다 '당신도 염색할 시간이 없나 봐요'라고 속으로 생각하며 동질감을 느낀다고 울적해했다.

타인의 시선이 주는 피곤함도 있지만 지난한 흰머리 염색에는 끊임없는 자기 검열도 작용한다. 흰머리는 결코 엘프족이나 천재 과학자처럼 곱게 나지 않는다. 비유하자면 고양이 털이 잔뜩 붙은 올 풀린 블랙 컬러 울 스웨터에 가깝다. 거울 앞에서 흰머리를 마주하는 심정은 '지저분하고 흉하고 그냥 너무너무 보기 싫다'다. 바라는 건 더 아름다워지고자 함도 아니고 남들과 크게 다르지 않은 '단정한' 외모다. 러네이 엥겔른은 저서《거울 앞에서 너무 많은 시간을 보냈다》에 시간과 돈이 부족한데도 우리 문화가 요구하는 이상적인 미에 가까워지기 위해 자신을 채찍질하고 있다면 모두 외모 강박 탓이라고 적었다. 그러니까 '단정함' 역시 사회가 만들어낸 엄격한 기준이다. 우리는 그 기준에

길들어 있고 저항하기보다 순응하는 편이 에너지 소모가 덜하다는 것을 알고 있다(만나는 사람마다 30대에 왜 반백인지 설명할 것인가, 염색을 할 것인가).

문득 변호사인 남자 사람 친구에게 물었다. "로펌에 흰머리 염색하는 변호사 많아?" "변호사들은 거의 염색을 하지 않아. 나이 들어 보이면 신뢰를 줘서 흰머리를 콘셉트로 삼는 경우가 많지." "여자 변호사는?" "……." 흰머리가 많은 여자 변호사는 평생 어느 정도의 시간과 돈을 염색에 썼을까. 그동안 남자 변호사들은 일을 하거나 낮잠이라도 한숨 더 자지 않았을까. 남자들이 흰머리로부터 스트레스를 받지 않는다는 건 아니지만 사회가 여자의 노화에 더 엄격한 잣대를 가지고 있는 것만은 분명하다. 그레이를 남자의 색깔이라 칭하며 머리를 회색으로 물들인 레이디 가가가 떠올랐다.

'올드 토크(old talk)'라는 용어가 있다. 노화에 따른 외모 변화를 걱정하는 대화를 칭하는 말이다. 한 조사에 따르면 18~35세 여성의 50퍼센트가 습관적으로 '올드 토크'를 하며 나이 들어 매력을 잃을 것에 대한 걱정을 한다. 노화에 대한 두려움은 건강한 에너지를 갉아먹는다. 한때 '쿨 그래니'가 젊은이들 사이에서 라이프스타일 키워드로 떠올랐지만 어쩔 수 없이 늙었을 때를 가정했을 뿐 여전히 우리는 나이 듦을 두려워하고 무서워한다. 흰머리가 생기는 이유는 다양하지만 일면 노화의 신호임을 부정할 순 없다. 아직까지는 받아들이기 힘든 실제 나이와 머물고 싶은 나이의 간극을 염색으로 메운다고도 할 수 있다. 아직 한창 일할 나이인데, 내일 소개팅을 앞두고 있는데 흰머리라니. 그 인식의 부조화 사이에 염색이 있다.

우리 사회에서 나이 듦은 지혜가 아니라 약자의 동의어다. 나이가 들수록 능력이 떨어지고 쓸모가 없어진다고 여긴다. 마리나 벤저민이 《중년, 잠시 멈춤》에서 인용한 자료에 따르면 1920년대 대량생산이 등장한 이후 젊음은 높은 생산성을, 중년은 효율성 감소로 인식되며 중년이 부정적인 의미를 담게 됐다고 한다. 1920년대 이후 급증한 염색약 판매량이 증거다. 우리는 자연스럽게 나이 든 이 시대의 어른을 존경하지만 거기에 젊은 외모까지 겸비한 어른은 찬양하고 칭송한다.

한때 인스타그램에 '@grombre'라는 계정이 활발하게 운영된 적이 있다. 더 이상 염색을 하지 않기로 결심한 여성들의 흰머리 인증샷 계정이다. 팔로워는 24만 명에 이른다. 수시로 흰머리를 드러낸 여성의 사진과 사연이 올라왔는데, 계정 대문에는 "그레이 헤어라는 자연스러운 현상에 대한 축하"라는 문장이 적혀 있다. 으레 흰머리는 60대부터 괜찮다는 사회적 인식과 달리 흰머리로 살아가기로 한 여자들의 연령은 다양하다. 개운하게 웃고 있는 여자들의 흰머리는 타고난 머리카락일 뿐 지혜의 상징으로도 노화의 상징으로도 보이지 않았다. 이토록 흰머리가 나는 여자들이 많은데 그동안 우리 눈에는 왜 보이지 않았을까. 지구가 하나 되어 가하는 외모 압박을 고약한 염색약으로 견뎠기 때문일 것이다. 인스타그램 @grombre 계정에는 "회색은 자유다", "아름다움이란 여성이 어려 보여야 함을 의미하는 게 아니다", "더 이상 염색 박스 뒤로 숨지 않겠다" 같은 문장이 가득하다. 하지만 '지긋지긋한 염색은 그만둬야지' 결심하며 휴대전화에서 고개를 들면 다시 현실이다. 모델들의 찰랑거리는 생머리는 브라운관을 뚫고 나올 듯하고, 지하철에서 마주치는 여자들은 모두 '단정한' 머리를 하고 있다.

평생 염색에 300여 시간, 500여만 원 이상 썼을 거라며 자신이 흰머리 수난사의 산증인이라 주장하는 지인 칼럼니스트는 다음과 같이 말했다. "우리나라에서 성공한 여자들은 대부분 시스템이 아니라 개인의 노력으로 시대를 돌파해왔다. 개인의 성공이 사회 전체의 변화로 이어진 경우가 별로 없었다. 탈코르셋을 지지하지만 개인의 손실이 될 수 있다는 점도 유념했으면 좋겠다. 자기 소신으로 모든 편견을 돌파할 정신력이 없다면 사회인은 취업 면접 때 염색은 하고 가라고 말해주고 싶다." 그리고 앞서 언급한 지인들도 자기 얼굴에 흰머리가 어울린다고 느끼는 날까지 염색을 할 것이라고 했다.

염색을 '매너'로 여기게 된 건 사회 탓이지 흰머리를 물려준 부모 탓도 염색이 피곤하기만 한 당신 탓도 아니다. 흰머리를 내버려둔다고 해서 우아하게 나이 드는 것도 아니고, 염색을 고집한다고 해서 시간을 거슬러 올라가는 것도 아니다. 각자의 방식대로 지키고 싶은 가치를 따라가면 그뿐이다. 나는 사실 흰머리를 그냥 두어도 된다고 생각하는 사람들이 지구상에 24만 명이나 있다는 사실을 알게 된 것만으로도 기쁘다. 그리고 일상에서 내 눈은 아직 '단정한' 머리를 익숙하게 여기지만, 머릿속으로라도 이제 흰머리를 자연스럽게 받아들이기 시작해서 다행이라고 생각한다.

2022년 캐나다 CTV 〈내셔널 뉴스〉의 앵커 리사 라플람(Lisa LaFlamme)은 더 이상 흰머리 염색을 하지 않겠다는 소신을 밝힌 뒤 회사로부터 해고를 당했다. 이를 두고 직장 내 연령 차별에 반대하고, 여성들이 자신의 흰머리를 자연스럽게 받아들이도록 지지하기 위한 여러 움직임이 생겼다. 도브는 로고를 회색으로 바꾸며 '#KeepTheGrey 캠페인'을 선보였고 웬디스 캐나다는 회색머리 웬디 그림과 "스타는 머리 색에 상관없이 스타다"라는 문장을 게시했다. 그 일을 겪은 후 리사 라플람은 트위터에 "58세의 나이지만, 나는 여전히 우리의 일상에 영향을 미치는 이야기들을 할 수 있는 시간이 더 많을 것이라고 생각했다"라고 적었다. 그렇다. 흰머리는 우리의 어떤 능력도 증명하지 않는다.

내 자궁에서 진짜로 일어나는 일

　　"'난 생리통이 엄청 심했어요. 온열팩을 등에 대고 소파에 누워 있어야 할 정도였죠. 그런데 생리를 할 필요가 없다는 걸 깨닫고부터 다시는 생리를 하지 않아요. 임신하려고 노력하는 중이 아니라면 생리할 필요가 없어요. 임신이 끝나고도 생리를 꼭 할 필요는 없죠. (중략) 피를 볼 필요가 없어요. 전혀 그럴 의무가 없어요.' 뉴욕의 부인과 외과의 멜라니 마린(Melanie Marin) 박사가 말했다." 단행본《엄청나게 시끄럽고 지독하게 위태로운 나의 자궁》을 읽던 중 발견한 문장이다. 여성 단체 활동가도, 유튜버도 아닌, 부인과 외과의가 자신의 경험을 토대로 생리가 선택권임을 말하고 있었다. 당시에 난 믿을 수가 없어 눈을 비볐다. 매달 다리 사이로 뜨거운 굴이 떨어지는 경험을 하지 않아도 된다고? 정말?

멜라니 박사가 말한 '생리를 하지 않을 권리'에 대한 구체적인 실행 방법을 들은 건 동료 에디터들과 식사하는 자리에서였다. 선배가 말했다. "미레나 시술을 받았더니 생리를 안 한다? 진짜 신세계야." 동기가 덧붙였다. "저도 받았잖아요. 진짜 확실히 생리량이 줄었어요. 원래 한번 시작하면 두 시간도 되지 않아 오버나이트 생리대가 흠뻑 젖을 정도로 많이 나왔는데 지금은 면 생리대로 버틸 수 있을 정도?" 동기는 수년째 자궁선근증으로 고생을 하고 있다. 자궁선근증의 대표적인 증상은 빈혈을 동반한 생리량의 증가다. 1년 내내 생리가 멈추지 않는다. 동기는 불평할 에너지도 아껴서 생리대를 갈아야 한다고 자조 섞인 농담을 했다.

'미레나'는 브랜드명이고 'IUD(Intrauterine Device)'는 자궁 안에 장착하는 피임 기구를 통칭한다. 자궁의 형태를 도형화한 듯 'T'자 형으로 생긴 미레나의 원리는 배란을 막아 임신을 방지하는 것이다. 손가락 마디 두 개만 한 장치는 극소량의 호르몬을 방출해 자궁내막의 성장을 막는다. 따라서 생리량이 줄거나 아예 생리가 멈추게 되는데 이 원리를 생리를 조절하는 수단으로 활용하는 것이다. 접착제를 개발하다가 포스트잇을 발견한 것처럼 의도하지 않았으나 얻은 수확이다.

'부인과 질병 치료 혹은 피임 목적으로 미레나를 시술했는데 생리가 멈췄다.' '생리를 멈추기 위해 미레나를 시술했다.' 동일한 결과를 도출하지만 두 문장의 거리는 멀다. 보험 적용 여부를 가르는 기준이기도 한데, 천재지변처럼 그저 받아들여야 했던 생리를 조절하는 방법이 생겼다는 건 고단한 생리사에 일어난 혁신이다. 나는 미레나 시술이 생리 중단에 효과적이라는 얘길 듣고 꼬박 이틀 동안 인터넷과 단행본 서적을 뒤져본 결과 충분한 정보와 담론을 확인할 수 있었다. 한번 시술받으면 5년 동안 그 효과가 유지된다는 것. 약 20퍼센트는 생리가 사라지지만 절반은 부정 출혈이 있고 5~10퍼센트는 아예 효과가 없다는 것. 하복부 통증, 골반통이나 체중 증가, 피부 트러블 같은 부작용이 생길 수 있다는 것. 간혹 장치가 빠질 수도 있다는 것. 정착까지 1년은 두고 봐야 한다는 것. 시술 시간은 짧지만 엄청나게 아프다는 것. 그러니까 모두에게 정답은 아니라는 점까지. 생리량을 줄이는 대가로 입 주위에 여드름을 얻은 동기는 생리를 하기 싫다는 이유로 받을 시술은 아니라고 조언했지만 '생리냐, 여드름이냐'라는 선택지 앞에서 여자들은 감격스러울 수밖에 없다.

게다가 나는 한평생 임신에 대한 극도의 공포를 안고 살아왔다. 40세가 넘은 기혼 여성도 여전히 임신이 무섭냐고 묻는다면 "당연하다". 산부인과 전문의 제니퍼 건터는 저서 《완경 선언》에서 성생활을 하는 40대 이성애자 여성이 임신할 확률을 월경 주기마다 약 5퍼센트라고 적었는데, 45세에는 55퍼센트가 임신 가능성이 없게 되고 47세에는 79퍼센트, 50세에는 92퍼센트로 증가한다. 보조생식술의 도움 없이 아이를 가진 최고령 여성의 기록은 자그마치 59세다. 제니퍼 건터 박사는 어떤 검사로도 언제 피임을 그만해도 좋을지 알아낼 수 없다고 했다. 더불어 1년 동안 월경이 없어 완경 진단을 받아도 확실히 하기 위해 1년 동안 피임을 지속할 것을 권장한다. 생리가 끊겨 완경이 온 것 같은 감각이 있어도 피임에 안일했다가는 사후 피임약을 처방받으러 뛰어가야 할 수도 있다는 얘기다. 한숨이 절로 나온다. 체력이 쇠할 대로 쇠한 40대에도 이토록 집요하게 신경을 써야만 피임 안전지대에 도착한다.

한때 이탈리아에서는 임신 공포에서 벗어나기 위해 양측 난관 절제술을 받은 20대 여성이 화제가 된 적이 있다. 난소암 가족력이 있어 위험을 줄이고자 배우 엔젤리나 졸리가 받았던 그 수술이다. 왜 그녀가 해명까지 해야 했는지 모르겠지만 다음과 같이 말했다. "피임기구로는 충분치 않다. 콘돔이 찢어질지 모른다고 상상하니 모든 관계에 임신의 공포가 따라다녔다. 평온하거나 자유롭지 못했다." 우리 몸은 생리를 시작한 순간부터 '임신할 수 있는 몸'이고, 성관계를 한다는 건 곧 임신을 할 수도 있음을 의미한다. 생리가 늦어지면 세상의 모든 신에게 임신이 아니길 기도하고, 사후 피임약을 먹은 뒤에는 엄청난 호르몬에 속이 메스꺼워 게워내고, 임신 중절을 위해 수술대에 올라본 경험이 있다면 섹스는 곧 '임신을 할지 모를 공포'가 된다. 그 공포를 깜빡할 경지의 쾌락이라면 또 모르겠지만 대체로 그렇지도 않다(이것만큼은 전문의의 통계가 필요 없다).

임신 중절이 불법이던 1960년대 프랑스가 배경인 아니 에르노의 소설 《사건》에서는 임신을 두고 '여자만 걸리는 병', '집에만 있게 하는 병'이라고 칭한다. 그 병에 걸리지 않기를 바라며 하는 섹스가 감기에 걸리지 않길 바라며 먹는 한겨울 아이스크림 정도의 가치도 없다고 느껴졌던 날, 나는 산부인과에 가서 피임과 생리 중단을 목적으로 자궁 내 장치를 삽입하고 싶다고 말했다. 의사는 내 나이와 생리량을 듣더니 미레나보다 사이즈가 작은 카일리나를 권했다. 미레나의 단점은 그대로지만 호르몬 방출로 인한 부작용이 덜하고 무엇보다 삽입할 때 덜 아플 것이라고 했다. 5년 동안 효과가 이어진다는 설명에 그럼 인생의 마지막 피임 장치냐고 물었더니 한 번은 더 해야 한다는 답을 들었다. 이로써 완경까지 남은 시간이 머릿속에서 단순하게 정리되었다. 장치 삽입은 소문대로 엄청나게 아팠다. 하지만 그 대가로 나는 임신 확률 0.2~0.3퍼센트의 몸을 가질 수 있었다. 그리고 생리를 팬티라이너로 버틸 수 있는 몸을 얻었다. 무적이 된 듯한 자유로움, 단 3센티미터 크기의 장치가 내 몸에 해낸 일이다.

생리와 피임에 대해 스트레스가 심하면서도 적극적으로 대처하지 않는 건 우리 몸에서 일어나는 일이 자연스럽다고 생각해서다. 생리를 억지로 틀어막으면 몸에 해롭지 않을까 하는 두려움, 피임을 오래하다 정작 임신을 하고 싶은 때 못하진 않을까 하는 걱정 같은 것들 말이다. 결론부터 말하자면 '그렇지 않다'. 노르웨이에서 활동하는 의사 니나 브로크만과 엘렌 스퇴켄 달은 저서 《질의 응답》에 다음과 같이 적었다. "매달 생리를 하는 게 몸에 좋다고 믿는 사람들이 많지만 그렇지 않다. 점막이 매달 성장하지 못하도록 미리 막는다면 생리도 의미가 없다. 생리는 결과일 뿐 생리 자체가 몸에 좋은 건 아니다. 생리는 그저 다달이 피를 좀 잃는 일일 뿐이다. (중략) 오늘날 우리는 아이를 낳을지 말지부터 선택하고 낳는다면 얼마나 많이 낳을지도 통제한다. 현대 여성에게는 생리가 본질적인 생물학적 가치를 가진 일은 아니다."

생리로부터 감정을 걷어내고 생물학적으로 바라보면 생리혈은 생명수도 불결한 피도 아닌 자궁에서 나온 피와 점막일 뿐이다. 나는 의사들이 생리에 대해 쓴 책을 읽으면서 생리에 대한 감정이 대단히 정돈되는 경험을 했는데 다들 한번쯤 해보길 추천하고 싶다. 실제로 자궁에서 일어나는 일을 들여다보면서 생리는 극복하고 개선해야 하는 증상이 아닐까 하는 생각이 강해졌다. 생리가 동반하는 극심한 생리통, PMS(월경 전 증후군)까지 떠올리면 더욱 그렇다. 어떻게 통증과 고통이 자연스러울 수 있단 말인가. 의학은 생리를 해야 하는 우리 몸이 아프거나 불편하지 않도록 더욱 적극적으로 해결책을 찾았어야 했다. 여자라면 모두 겪으니까, 엄마가 되기 위한 준비 과정이니까 참으라는 안일한 태도 대신 말이다.

녹색병원 산부인과 윤정원 과장은 생리는 자신의 몸 주기를 알 수 있는 중요한 지표라고 조언한다. "현대인들은 생리 공결제를 쓰기 힘들고 수면 시간은 불규칙하고 신체를 컨트롤하기 힘들어요. 차선책으로 피임약이나 피임 시술을 찾는 선택에 대해 비난할 수 없어요. 필요하다면 자유롭게 할 수 있어야 해요. 그동안 성교육도, 생리에 관한 정보도 부족했어요. 생리의 의미를 생각해보고 자신의 몸이 어떤 상태인지 정확히 알아야 해요. 선택지와 그에 따른 득과 실을 알아야 정말 주체적으로 살 수 있어요. 본인의 생리 주기를 관찰하고 가임기를 계산하고 피임에 대한 정확한 지식을 지니고 있는 것이 자신의 몸을 사랑할 수 있는 힘 아닐까요." 카일리나라는 신세계는 내 몸에 생기는 일에 대해 주체적으로 고민할 수 있게 했다. "모든 것은 바뀌고, 모든 것은 움직이고, 모든 것은 회전하고, 모든 것은 떠오르고 사라진다"라고 했던 프리다 칼로의 말이 떠오른다. 나는 비로소 전보다 내 몸을 똑똑히 바라볼 것이다. 먼 길을 돌아 생리와 피임의 선택권이 진짜 주인에게 돌아왔다.

생존을 위한 운동

결정적 계기는 손목이었다. 손목이 저리더니 팔뚝까지 통증이 쫙 퍼졌는데 마치 살가죽 아래에서 누가 모닥불을 피우는 것만 같았다. 키보드 손목 받침대를 구입했고 손목 보호대를 찼지만 통증이 사라지지 않았다. 슬슬 무서웠다. 며칠 후 좁은 자리에 주차하다 말고 소리를 질렀다. "아니, 왜 기둥이 여기 있어? 경사는? 아니, 애초에 왜 주차라는 걸 해야 하는 거야!" 자동차 핸들을 돌리기도 힘들어진 나는 제정신이 아니었다. 정형외과에 갔다. 엑스레이에 찍힌 척추는 짜파게티처럼 구불구불했다. 휜 척추가 목과 어깨, 손목에까지 통증이라는 저주를 내리고 있었다. 수술할 정도는 아니지만 완치될 수도 없다고 했다. 도수 치료와 충격파 치료를 받는 가운데 지인들은 운동을 권했다.

건강검진에서 비만 판정을 받았다. '늘 몸이 무겁고 피곤한' 감각이 찾아온 지 오래였다. 탄산수 페트병 뚜껑을 열면서도 힘이 들어 짜증이 일었다. 집중력이 떨어져서 한 시간이면 쓰던 질문지를 세 시간 넘게 붙잡고 있었다.

퍼스널 트레이너를 찾아간 건 정말 이러다 죽겠다 싶어서였다. 인바디 결과지를 받아 든 트레이너는 말했다. "아무것도 안 한 몸이네요." 가만히 똑바로 서 있지도 못하는 몸을 보며 진단은 이어졌다. "계속 앉아서 일하죠? 평발이네요? 자다 깨지 않아요?(이하 중략)" 점쟁이처럼 현 상태를 콕콕 맞힌 선생님은 말했다. "지금 권하고 싶은 건 걷기예요. 일상에서 체력이 생겨야 운동을 시작할 수 있는 상태가 될 거예요." 뛰지도 말라고 했다. 릴랙스할 수 있는 호흡을 권했다. "지금 회원님이 덤벨을 쥐는 건 아무 의미가 없어요. 40대에는 '케어'를 하고 '엑서사이즈'로 넘어가야 해요. 몸에 힘을 빼는 구조로 만들고 운동 시작합시다. 그러면 아침에 일찍 일어난다, 잠을 잘 잤다, 신경질이 줄었다로 순환이 될 거예요. 일과 사람을 대하는 태도도 달라질 거고요. 삶을 지켜내야 합니다."

언젠가 영국 〈허핑턴 포스트〉에서 30~60대 여성이 운동하는 이유는 과거와 다르다는 기사를 읽었다. 20대에는 다이어트와 외모 때문에 운동을 했지만 지금은 정신 건강과 체력을 위해 운동을 한다는 여성들의 인터뷰였다. 50대 인터뷰이는 말했다. "평생 운동을 싫어했지만 언덕을 오르기 위해 다른 사람의 도움이 필요해지면서 운동을 시작했고, 이제는 20년 후에도 누구의 도움 없이 언덕을 오르기 위해 운동한다"라고. 그러니까 30~60대에 운동을 한다는 건 예전과 똑같이 평범한 일상을 살기 위해서다. 주위를 돌아보면 정말 그랬다. 어제와 같은 오늘을 위해 러닝머신에 오르고, 필라테스를 하고, 수영을 했다. 번아웃으로 퇴사한 지인은 2년 뒤 한결 가뿐한 얼굴로 종일 골골대는 나에게 다음과 같은 명언을 남겼다. "아침밥으로 몸에 연료를 채워 넣듯, 스트레칭으로 근육을 준비한 후 출근하거라."

생애 주기에 따라 운동하는 목적이 바뀐다면 나는 지금 운동 취약기에 있다. 시간이 없다. 아침에 눈떠서 식사를 준비하고 준비물 챙겨서 아이를 학교에 데려다주고 출근했다가 집에 오면 또다시 아이 숙제를 챙기고 씻겨서 재워야 하는 의무가 남아 있다. 틈틈이 인터넷 쇼핑, 다림질, 방 정리 등 무수한 일을 한다. 그리고 나면 눈을 감을 힘도 남지 않는다. 헬스장이든 요가 아카데미든 어딘가에 가서 운동을 하려면 이동하고 준비하는 시간까지 최소 두 시간을 확보해야 한다. 지금 일과에서는 그 두 시간이 보이질 않는다. 잠을 줄여야 할까. 다른 가족에게 내 의무를 맡겨야 할까. 머리부터 발끝까지 만성 통증에 시달리는 70대 엄마는 "나이 들어서 나처럼 되지 말고 운동하라"는 말을 종종 건넨다. 그런데 정말이지 입이 떨어지질 않는다. 놀러 가는 것도 아닌데 나보다 쇠약한 엄마에게 가사 노동과 돌봄 노동을 떠넘기고 내 한 몸만 챙긴다는 죄책감이 찾아온다. 생명에 지장이 있는 병에 걸리지 않는 이상 운동 가방 들고 집 밖을 나서는 날이 과연 올까 싶어지는 것이다. 미국에는 엄마들이 운동하는 동안 베이비시터 서비스를 제공하는 체육관이 있다던데 운동을 기본값으로 여기는 사회가 부러울 따름이다.

가사 노동과 돌봄 노동이 곧 운동이 되지 않을까 의문을 품은 적이 있다. 설거지를 하며 팔을 이렇게 많이 움직이고 집 안에 늘어진 물건을 제자리에 가져다놓느라 이렇게 분주한데. 결론부터 말하자면 가사는 운동이 아니라 노동이다. 노동과 운동의 차이는 한 가지다. 어디를 움직이는가 인식하면 운동이고 인식하지 않으면 노동이다. 설거지할 때 스쿼트하듯 뒤꿈치를 든다거나 걸레질할 때 의식적으로 허리를 꼿꼿이 펴는 식으로 가사 노동에 운동을 결합하는 건 가능하다. 다만 이를 성공적으로 해내는 경우는 많지 않은 듯하다.

운동하지 않고 그저 여자 사무직 노동자로 살아온 그간의 삶은 화석처럼 내 몸에 새겨져 있다. 어깨가 솟아오르고 목이 짧아지고 고개가 앞으로 나온 내 몸은 미래학자 윌리엄 하이암이 사무직 노동자의 20년 후 신체 변화를 예측해 선보인 실물 크기의 사무직 노동자 인형 엠마를 떠오르게 한다. 엠마는 PC 모니터와 스마트폰 화면을 들여다보기 위해 몸을 펴지 않아, 등은 거북이 등딱지를 얹은 듯 굽었고 목은 계단처럼 앞으로 나와 있었으며 하루 종일 앉아서 일한 탓에 배는 불룩했다. 하지 정맥류에 시달려 퉁퉁 부은 다리로 서서 시뻘겋게 충혈된 눈으로 악수를 건네는 엠마의 모습은 시대가 낳은 괴물처럼 보인다. 전신을 쓰던 농경 사회에서 산업 시대를 거쳐 휴대전화만 쥐고도 돈을 버는 시대는 우리의 몸이라는 그릇을 역시 완전히 바꿔놓았다.

건강을 체크하기 위해 찾았던 또 다른 병원에서 의사는 여성에게 가해진 노동이 일으킨 신체 변화에 공감을 드러냈다. 예전에는 움직여서 의식주를 해결했다면 지금은 그때에 비해 걷는 움직임이 확연하게 줄어들었다는 것이다. 1980년대 영화 〈E.T.〉에서 외계인이 눈은 커다랗고 머리는 크며 손가락은 길게 그려졌던 이유는 당시에 상상한 미래의 우리 모습이기 때문이라는 놀라운 설명도 따랐다. 하루 종일 컴퓨터 앞에 앉아 일하며 손가락으로 버튼을 누르다 보면 우리 몸이 E.T.처럼 변하리라고 본 것이다. 실제로 우린 온종일 휴대전화를 손에 들고 사는 호모 텔레포네스(Homo Telephones)의 삶을 살고 있다. 업무 시간의 대부분을 자리에 앉아 컴퓨터만 바라보며 일하다 보면 척추에 가해지는 디스크의 압력이나 복압이 높을 수밖에 없다.

여성 사무직 노동자의 직업병은 산재로 인정받지 못하다가 1990년대에 이르러서야 VDT 증후군(Visual Display Terminal Syndrome)에 대한 관심으로 이어졌다. 하지만 컴퓨터나 휴대전화 사용으로 인해 신체에 가해지는 무리에는 개인적인 오락 행위도 섞여 있어 앞으로도 노동으로 인한 신체 변화로 인정받을 길은 요원해 보인다. 미국의 한 대학에서는 매일 운동을 하는 사람과 전혀 하지 않는 사람의 세포 나이가 7~9년 차이 난다는 연구 결과를 내놓았다. 여기에서 운동이란 '매일 30분 달리기'다. 하루에 30분을 써야만 쇠락해가는 신체 나이를 붙잡을 수 있는 인체라니.

왼쪽으로 기울어져 있고 그저 노동에만 급급하며 사용된 구부정한 몸. 타인이 나보다 문제점을 더 잘 아는 몸. 돌보지 못한 사이 중력으로 흘러내린 몸. 결국 40대가 되어 찾아온 몸의 변화와 통증은 엠마 같은 나의 미래가 보내는 신호인 듯하다. 이 글

을 시작하며 사실 생존 체력을 키우는 운동을 성공적으로 해내
삶이 얼마나 거뜬해졌는지 쓰고 싶었다. 한 손으로 자동차 핸들
을 돌리고 콧김으로 탄산수 뚜껑을 따며 아침에 눈이 절로 번쩍
떠지는 변화에 대해. 달리기를 시작해서 몸의 감각이 온전히 깨
어나 그 감각을 생생하게 묘사할 수 있으리라 장담했다. 역시 운
동을 제대로 해본 적이 없어서 품을 수 있는 환상이었다. 퍼스널
트레이너의 조언대로 오늘 아침에는 자가용 대신 지하철을 이
용했고 오후 미팅에는 엘리베이터 대신 계단을 이용할 생각이
다. 비록 변해버린 신체를 예전처럼 의지만으로 돌이킬 순 없어
도 유예시킬 순 있다. 사무직 노동자 인형 엠마와 같은 나의 몸
도 구부정한 허리를 펴고 목을 집어넣으며 다시 똑바로 걸어 나
갈 수 있다. 아직 내 몸은 나를 포기하지 않았다.

술 마시는 나를 인식하는 나

처음 만난 자리에서는 애기가 헛돈다. 식사 자리 대화는 반드시 "술 좀 하세요? 어떤 술 좋아하세요?"에 도착한다. 그 질문을 하는 상대는 간절히 바란다. "와인" 혹은 "위스키"란 대답이 나오기를. 그래야 어색한 대화가 5분이라도 더 이어질 수 있다. 유서 깊은 와인과 위스키의 수많은 갈래가 그 역할을 한다. 기대에 부응하고 싶지만 내 대답은 늘 맥주에서 멈춘다. "맥주요. 목구멍이 찢어지도록 시원한 맥주." 쓸데없이 배만 부르고 뱃살에 거품만 없는, 이제는 좀 단순하고 촌스럽게 여겨지는 술이다.

취향이란 시간이 흐르고 자금을 투입하면서 정교해지기 마련인데, 나의 술 취향은 계속 맥주에 정체해 있다. 물론 '딱복(딱딱한 복숭아)'에 마스카포네 치즈를 얹어 화이트 와인을 마시기도 하고 충분히 신 김치에 비슷한 레벨의 산도를 가진 산성 막걸리를 곁들이기도 하지만 식사에 가깝지 술로 느껴지지 않는다. 술 주정처럼 지루한 나의 술 역사를 나열할 생각은 없다. 그저 술을 마시는 이유에 나의 현재가 담겨 있음을 자각할 뿐이다.

술자리가 곧 사교인 나라에서도 술자리에 시들해지고 시큰둥해지는 시기는 온다. 나에게는 코로나 바이러스 창궐과 친구에서 가족으로 중심축이 옮겨가던 시기와 일치한다. 집 밖에 나가지 않아도 틈만 나면 맥주캔을 따는 나를 보며 술을 마시는 이유가 사람들과 어울리기가 좋아서가 아님을 재차 확인했다. 평소 가슴은 자주 답답했고 그럴 때면 밤낮 가리지 않고 맥주에 저절로 손이 갔다. '치익' 캔을 따고 폭신한 거품을 잠시 바라본 뒤 까끌까끌한 탄산을 머금은 쌉싸래한 액체를 꿀꺽꿀꺽 마셨다. 차디찬 맥주가 목 안에 스크래치라도 내듯 거칠게 몸속으로 들어오면 답답함이라는 불덩이가 꺼지며 진정이 됐다. 이런 이유로 벌컥벌컥 마실 수 있는 술인 맥주만이 나에게 휴식이 되어줬다. 한 번에 반 캔을 들이켠 뒤 가슴을 두드리며 쓸어내리는 것이 나의 의식(리추얼)이다.

인류에게 오랫동안 술은 용기를 그러모으는 장치였다. 가까이 있는 것에만 집중하게 만드는 '근시 효과'를 발휘하기 때문이다. 사회가 낯설기보다 익숙한 지금, 용기가 나지 않아 하지 못하는 일은 그다지 많지 않다. 고된 프로젝트를 마치고 가사일까지 마무리한 뒤 하루에 대한 보상으로 술을 마신다. 저녁을 거르고 야근을 하고 집에 돌아와서도 맥주를 딴다. 언제고 맥주는 배부른 밥 한 공기가 되어준다. 맥주는 보리로 만들고 보리는 곡기 아니던가. 술을 마시면 알딸딸해지면서 시야가 뭉개지고 뾰족하던 마음이 느슨해지는데 그러고 나면 '앞으로 어떻게 살아야 하지?' 같은 고민과 불안을 내일로 미룰 수 있었다. 술을 마시면 나를 직면하지 않고 고개를 돌려도 괜찮아신나. 성냥팔이 소녀가 켠 성냥불처럼 불길은 곧 사그라지지만 그 순간만큼은 배 속이 따뜻하다.

그런데 얼마 전 맥주로 연명하는 일상이 나만의 상황이 아님을 알게 됐다. '1일 두 깡.' 1년여 만에 만난 친구는 요즘 자신의 식단이라며 농담하듯 말했다. 가족을 돌보기 위해 재택근무를 겸할 수 있는 직장으로 옮긴 친구는 전보다 가사에 대한 책임이 더 늘었다. 집과 회사의 경계가 사라진 뒤 가족을 챙기는 건 오직 친구의 몫이다. 오전 9시부터 12시까지 집중해서 일을 하고 나면 곧바로 점심 식사 준비에 돌입해야 한다. 그리고 오후 6시에 급하게 컴퓨터를 끄고 나오면 또다시 챙겨야 하는 식구들이 줄줄이 있다. 그 모든 일을 마치고 친구는 매일같이 캔 맥주를 땄다. 번아웃 상태에서 목구멍으로 넘길 수 있는 건 오직 탄산이 가득한 황금빛 맥주뿐이라고 했다.

세상에는 이런 우리를 부르는 용어도 있었다. '키친 드렁커.' 외로움과 적적함을 달래기 위해 혼자 주방에서 술을 마시는 주부를 지칭하는 말이다. 마트에서 장을 보는 것도 재활용 쓰레기를 처리하는 것도 직접 하기에 우리가 술을 얼마나 마시는지 가족들은 잘 알아차리지 못한다. '육퇴(육아퇴근) 후 한잔', '여성 음주 늘리는 주범', '40대 여성 음주율 상승폭 증가', '20~30대 혼술 여성 급증' 등 인터넷 뉴스에 종종 뜨는 기사 제목은 이 사회의 성별 선입견을 강화하고 조회수를 높이려는 듯하지만 그 안을 들여다보면 술을 마시지 않고는 오늘을 버티기 힘든 여자들이 있다.

광고 회사 임원으로서 격정적으로 커리어를 해치우다가 결혼과 출산으로 도저히 이 모든 상황을 해낼 수 없어 커리어를 내려놓은 클레어 풀리의 저서 《금주 다이어리》에도 유사한 상황이 나온다. 그녀는 와인을 마시며 기저귀를 가는 따분함과 동요를 반복적으로 들어야 하는 스트레스에서 벗어났다. 길고 긴 하루가 끝나면 넉넉하게 한 잔 따르고 부엌에서 춤을 추며 '나 아직

죽지 않았어'라고 생각했다.

　언론계에서 일하다 전업주부가 된 뒤 무기력으로 알코올중독에 빠졌던 박미소의 저서 《취한 날도 이유는 있어서》에도 똑같은 심정으로 술을 마시는 저자가 있었다. 박미소는 커리어를 접고 가정을 택한 주부들이 가슴에 품은 허망한 감정이 술에 의지하게끔 만든다고, 육아의 고단함을 술기운으로 버텨내고 있다고 적었다. "시간을 적게 들이면서도 가장 간편하고 즉각적으로 즐거움을 주는 것이 음주다. 술은 처방받지 않고 편의점에서 살 수 있는 저렴한 안정제다."

　혈중 알코올 농도를 향한 중년들의 실험을 그린 영화 〈어나더 라운드〉가 파국으로 치달았듯, 반복된 음주의 결말은 늘 좋지 않다. 내게 즐기는 술이 아닌 도피처로서 술은 대체로 한번 마시기 시작하면 멈추기 어려웠고 기억은 종종 사라졌다. 인터넷상에서 알코올중독 테스트를 해보면 '알코올 사용장애 환자'라는 결과가 나온 지 수년이 흘렀다. 술이 고민을 사라지게 하기보다 고민의 중심에 섰을 때도 사실 나는 술을 끊을 수가 없었다. '초등학생 아들을 둔 엄마', '팀원을 여럿 둔 회사원', '자랑은 아니어도 걱정 안 끼치고 자란 딸'이라는 스펙에 해가 되지 않으면서 취할 수 있는 가장 간편한 휴식이기 때문이다. 여행에는 시간이 필요했고 영화나 드라마에는 집중이 되질 않았다. 그리고 무엇보다 침잠하는 일상에 생기를 선사하는 건 술밖에 없었다.

이런 나와 달리 세상은 점점 더 술을 덜 마시고 있었다. 일본에서는 회식 2차로 파르페를 먹으러 가는 게 유행이고, 미국 Z세대 사이에서는 '마인드풀 드링킹(mindful drinking)' 움직임이 일어나고 있었다. 번역하면 '마음챙김 술 마시기'라는 기묘한 술 마시기는 한 무알코올 사교 클럽에서 널리 알린 이론으로, 호흡에 집중하며 명상하듯 술을 마셔서 술 마시는 자신을 인식하는 것이라고 했다. 술의 색을 천천히 살펴보고 향도 맡아보고 몸에서 일어나는 감각에 집중해 마시면서 술과 건강한 관계를 맺는 것이다.

무슨 맥주 김빠지는 소리인가 싶지만 절주를 강권하는 게 아니라 술이 에너지를 올려주고 내면의 불안을 다스리는 데 이점이 있음을 인정하는 점이 마음에 들었다. 술을 덜 마심으로써 돈을 얼마나 절약할 수 있는지, 다음 날 얼마나 선명하게 기억할 수 있는지 기록하고, 원할 때면 몇 분 안에 전문가와 연결되는 애플리케이션도 존재했다.

전문가들은 마인드풀 드링킹이 우울증과 불안을 해결하는 치료법인 인지 행동 치료와 비슷한 전략이라고 말하고 있었다.

모든 감각을 '지금-여기(here and now)'에 집중한다는 바로 그 치료법 말이다.

그래서 '술을 마시는 나를 의식하며 술을 마신다'는 정신 승리 같은 술 마시기에 동참했냐고 묻는다면 '시도 중이다'. 머릿속으로만 떠올려봤자 금방 취해버려서 명상앱을 마인드풀 드링킹용으로 사용하고 있다. '숨을 천천히 들이마시고 내쉽니다. 호흡을 하면서 나의 호흡을 가만히 느껴봅니다. 숨이 천천히 내 안으로 들어오고 나가면서 나의 생명을 가만히 느껴봅니다. 나의 몸과 나라는 존재, 지금 이 순간을 가만히 느낍니다, 꿀꺽.' 손에 쥐고 있어 미지근해진 맥주가 목젖을 타고 넘어가면 답답하던 가슴이 뻥 뚫리는 시원함, 뜨겁던 머리가 차갑게 식는 청량감 따위는 찾아오지 않는다. 그냥 그렇게 몸속에 술이 퍼져나갈 뿐이다. 술을 한 잔 더 마실 때는 잠시 멈추고 '진짜 내가 원하는 것인가' 질문하라는 마인드풀 드링킹법에 따라 스스로에게 묻고 있다. '굳이 또 마실래? 딱히 맛도 없고 딱히 자신감이 차오르지도 않는데? 배만 나올 텐데?'

매 순간 의식하며 술 마시기는 내 삶에 술맛만 떨어뜨리고 있다. 네 달째 이어가고 있는데 그사이 다행히 과음은 두 번만 했다. 그렇다고 와인이나 위스키처럼 음미하는 술에 빠져 그 세계를 읊기 시작하지도 않았다(사람 안 바뀐다). 그저 내 일상에서 술이 선사하는 감정적 거품만 푹 꺼졌다. 뭔가를 잘해낼 수 있을 것 같은 그 느낌, 에라, 모르겠다, 될 대로 되라는 느낌이 사라졌다. 손에 차가운 감촉이 닿는 순간부터 귓가에 울려 퍼지던 멜로디도 멈췄다. "술을 마시는 이유는 두 가지다. 하나는 목이 마를 때 목을 축이기 위해, 또 하나는 목이 마르지 않을 때 목마름을 미리 막기 위해." 낄낄거리며 읊어대던 토머스 L. 피콕의 명언도 떠올리지 않았다. 무엇보다 차가운 맥주를 들이붓지 않으니 가슴의 불덩이가 그대로 있다. 이대로 괜찮은 걸까.

하지만 마인드풀 드링킹으로 얻은 것이 있다. 술로 잠재우지 못한 미지의 미래를 향한 불안은 그대로지만, 술을 마셔서 기억에 없는 스스로로 인한 끔찍한 불안이 사라졌다. 피해서 될 일은 아니었다. 내 삶이지만 놓치고 있었던 순간들이 내 것이 되었다. 미칠 듯 심심하지만 수치스러워서 미치는 일도 줄어들었다. 술 마시는 횟수가 줄어듦으로써 생긴 시간에 전문가의 칼럼을 읽으며 '30일 동안 음주를 30퍼센트 줄이면 잠을 더 잘 자고 불안이 줄어든다. 알코올 섭취는 호르몬 불균형을 유발하여 스트레스가 많은 상황에서 불안을 증가시킨다'는 문장을 메모장에 옮겨 적었다. 살짝 뿌듯했지만 곧바로 재미없다는 생각을 했다.

술이라는 도피처는 실제였을까 환상이었을까. 술자리에서 내놓았던 환상적인 기획안은 누구 것이었을까. 아니 무엇보다 술을 마시는 나를 의식하는 나는 나인가 아닌가.

스페셜리스트 콤플렉스

이직을 하고 부서별로 인사를 다닐 때의 일이다. 걷잡을 수 없는 지성미를 지닌 옆 부서 전설의 편집장은 나를 힐끔 보더니 소개를 맡은 선배에게 물었다. "저 기자의 장점은 뭐지? 왜 뽑았어?" "음……. 착해요." "다 착해. 나도 착해. 뭐가 있어야지." 그 편집장은 착하지 않았고 나는 '뭐'가 없었다. 그 '뭐'는 어딘가에 꼭 하나씩은 미쳐 있는 사람들로 가득한 집단에서 나를 종종 언짢게 하는 것이자 장기적 관점에서 내 커리어의 불안 요소가 된 것이었다. 바로 전문 분야다.

사람들은 퓨처 에디터냐고 종종 되묻지만 피처 에디터는 미래와는 상관이 없다. 이쪽 분야 종사자가 아니고서는 평소 쓰지 않는 영어 단어인 '피처(feature)'는 읽을거리를 뜻하고 패션지에서 피처 에디터는 패션과 뷰티를 제외한 모든 분야를 다룬다. 모든 분야라고 하지만 이 안에서도 주력 분야는 어느 정도 정해져 있다. 음악, 아트, 음식, 리빙, 자동차, 영화, 디자인, TV, 섹스 등 '칼럼니스트' 앞에 붙이면 어디서 들어봤거나 말이 되는 것들이다. 대단히 전문가처럼 보이지만 주력 분야가 생기는 과정은 생각보다 체계적이지 않다. 개인의 관심사와 조직의 필요가 맞아떨어질 때 그 방면의 일을 할 수 있는 기회가 조금 더 자주 주어지고 시간이 흐르면 경력이 된다.

칼럼니스트 앞에 수식어를 붙이는 과정에 어떤 테스트가 필요한 건 아니지만 전제조건은 있다. 당연하게도 관심사다. 시간이 날 때마다 아트 갤러리를 찾고, 팬클럽 가입까진 하지 않아도 아이돌 '직캠' 보길 좋아하고, 이번 겨울 헤링본 코트는 안 사도 미드 센추리 빈티지 체어는 들이는 정말 순수한 개인의 호감 말이다. 관심사를 얼마든지 콘텐츠로 만들 수 있는 직종에서 호감은 특별해질 수 있는 가능성을 품고 있다. 시키지 않아도 파고들게 하는 추진력이 생기기 때문인데 이 추진력을 엔진 삼아 마음을 다해 좋아하다 보면 요즘 시대가 인정해주는 스펙인 '나만의 특별함'이 생긴다. 과거 진로 고민을 할 때면 엄마가 늘 강조하던 '사람이 전문성이 있어야 한다'에는 기술이나 자격증이 필요했는데, 취향이 낳은 전문성에 공적 기관의 검증은 필요 없다.

개성, 취향, 덕후, 디깅까지 시기에 따라 각기 다른 용어가 퍼졌지만 의미하는 바는 같다. 자발적으로 꽂힌 것. 마음으로 깊게 파다가 전문성이 생기고 종국에 커리어까지 연결되면 '덕업일치'가 된다.

옆 부서 편집장이 진즉에 질문을 던졌듯 특정 분야의 전문성은 일정 시기가 되면 갖춰야 하는 능력으로 다가왔다. 경력이 쌓이며 어떤 일이든 할 수 있는 자신감도 있었고 회사에서도 순조롭게 승진을 했는데 그런 질문을 들을 때면 왠지 모르게 '쭈굴한' 기분이 들었다. '너에게 특별한 관심사랄 게 있냐? 회사랑 집뿐이지 않아?' 같은 사실을 직접 귀로 들으면 경쟁력 없는 무색무취의 인간이 된 듯했다. 웬만한 일에는 새로움을 느끼지 않아 도파민 분비가 잦아든 지 오래였고 사실 무언가에 꽂혀서 파고들 시간도 에너지도 없었다. 기질적으로도 무엇에든 깊게 빠져들지 못하기도 했다. 그런데 이제 와서 왜 무엇에도 꽂힌 적이 없냐니. 그것을 개발하지 않고 뭐했냐니.

스페셜한 한 가지가 없다는 것은 단순히 내적 콤플렉스에 머무르지 않았다. 비슷한 연차의 지인이 아트에 '스페셜'이 있어 내가 절반 이상 성사시켜놓은 브랜드북에 최종 담당자로 선정되는 상황도 생겼다. 40대의 커리어 불안 요소 중 가장 큰 것은

'언제까지 일할 수 있을까'인데 얕고 넓은 제너럴리스트라면 한 계가 있었다.

세상은 취향 중독에 빠진 듯 보였다. 어떤 일이든 신속하게 끝장을 보는 K-민족답게 떡볶이를 좋아하면 최소 전국일주까지 했고 뒤늦게 다이빙에 빠졌다면 인도네시아 외딴 섬에 가서 자 격증 정도는 따왔다. 이를 향한 주변의 맹목적 지지도 굉장했다. 순수 무결해 보이는 열정을 부러워하고 찬양하면서 그렇게 어 떤 면에 있어서는 모두가 특별한 사람이 됐다. 스마트한 기기는 정보 접근의 평등을 이뤘고 SNS는 자신을 편집해서 보기 좋은 정체성으로 전시할 수 있는 공간이었다.

커리어에 닥친 불안을 차치하더라도 취향의 전시는 순수한 몰입의 기쁨을 막기도 했다. 맛집에 다녀온 얘길 할 때마다 지인 들은 SNS계정을 새로 파서 맛집 콘텐츠만 올리라는 조언을 지 치지 않고 늘어놓았다. 그러려면 한 입 먹고 메모하고 한 입 먹 고 질문하기를 해야 할 텐데 과연 그렇게 느낀 맛이 진짜 맛일지 당신도 알고 나도 알고 있다. 어쨌든 나는 취향을 스펙으로 연결 하지 못했고 재직 중 몰래 본 콘텐츠 회사 최종 면접에서 또 한 번 똑같은 질문을 받았다. "그래서 전문 분야가 뭐예요?" ("다 웬 만큼 해요. 연예인 인터뷰도 하고 여성 이슈 관련 칼럼도 쓰고 몇 년 전에는 미식 콘텐츠에도 열정을 가지고 있었습니다!"란 대답에는 시대정신인 디깅이 느껴지지 않아서인지 면접에서 떨어졌다.)

취향이 커리어로 직접 연결되는 피처 에디터가 아니더라도 얕고 넓게 일할 것인가, 좁고 깊게 일할 것인가는 커리어상에서 언젠가 맞닥뜨리는 질문이다. 제너럴리스트 VS 스페셜리스트로 표현할 수도 있다. 커리어 전문가들은 제너럴리스트의 약점을 '깊이가 없다', '쉽게 대체가 가능하다', '어떤 일에서든 애매하다'로 꼽고 스페셜리스트는 '변화에 유연하게 대처할 수 없다', '다른 분야 적응 능력이 떨어진다', '해당 분야에 부침이 생길 경우 리스크가 크다'로 꼽는다. 포털 검색창에 '스페셜리스트, 제너럴리스트'를 검색하면 이 둘의 차이점을 한참 설명하다가 결국 T자형 인재가 답이라는 결론에 이른다. T자형 인재란 자기 전문 분야와 다양한 분야의 기초지식을 가지고 있는 융합형 인재를 말한다. 결국 '다 잘해야 한다'는 결론이다. 무슨《트렌드 코리아 2024》가 꼽은 '육각형 인간' 같은 소리인가 싶지만, 일을 해본 사람들은 제너럴리스트와 스페셜리스트는 선택의 문제라기보다는 성향의 차이이고 일정 부분이라도 둘 다 갖추면 좋을 능력임을 경험상 알고 있다.

논픽션 작가 데이비드 엡스타인은 저서《늦깎이 천재들의

비밀》을 통해 인생 전반부에 여러 분야를 기웃거리다가 뒤늦게 전문성을 쌓아 탁월한 성과를 내는 사람들에 관한 통찰을 내놓았다. 그의 표현에 따르면 '폭넓은 관심과 지적 호기심을 지닌 늦깎이 제너럴리스트'다. 여러 분야에서 쌓은 경험은 전혀 다른 분야의 지식을 연결해 종합할 수 있게 하고 이는 추후에 쌓은 전문성을 발휘하는 데 엄청난 영향을 끼치더라는 얘기다. 회사를 다니다가 수능을 다시 보면 공부하지 않아도 사회 탐구 영역은 잘 본다는 작은 예시부터 경력직은 어느 부서를 가도 기본 이상은 해낸다는 보편적인 예시까지 떠올려보면, 제너럴리스트는 분명 전문가가 될 수 있는 기본기를 갖춘 상태다.

비유하자면 전공 없는 학부생 같았던 내가 이제 해야 할 선택은 전문성 쌓기였다. 40대를 맞아 세운 목표인 '가능한 한 오래 일하기' 위함이었다. 늦깎이 천재는 아니지만 그동안의 내 경력이 특별한 한 가지를 단련하기에 훌륭한 토대라고 데이비드 엡스타인이 책에서 길게 설명하지 않았나.

하지만 결론부터 밝히자면 전문성을 높이고자 시도했던 미식 잡지로의 이직은 3개월 만에 막을 내렸다. 관심사의 축소가 전문성을 무조건적으로 보장하진 않았다고 늦깎이 시도를 요약해서 설명할 수 있겠다. 스페셜리스트와 제너럴리스트를 택일할 수 없듯 관심사란 일의 전부가 아니었다. 그래도 이 시도가 남긴 것도 있다. 관심 여부와 무관하게 어떤 환경에서든 잡지를 척척 만들어내는 능력이 오히려 나의 전문성임을 깨닫는 계기가 됐다.

변호사도 직업을 밝히면 가장 먼저 받는 질문이 "전문 분야가 무엇인가요?"다. 이에 대한 지인 변호사의 변은 다음과 같다. "이혼 전문 변호사가 따로 있는 줄 알지만 사실 그렇지 않아요. 변호사는 무엇이든 변호할 수 있죠. 하지만 이혼 전문 변호사라고 스스로를 소개하는 건 말 그대로 포장이에요. 세일링 포인트요." 이혼 전문 변호사가 아니라고 해서 변호사가 스페셜리스트일 수 없는 게 아닌 것처럼 종사하는 산업이나 영역도 특별한 한 가지가 될 수 있다. 무엇보다 제너럴리스트인 것 자체가 전문성이 될 수 있다. 그러므로 "저 기자의 장점은 뭐지? 왜 뽑았어?"에 대한 대답은 "잡지를 잘 만들어요"일 수도 있었다. 당시에 나는 특별함에 대한 강박으로 자신을 세일링하는 능력이 전무했을 뿐이다.

나의 스페셜리스트 콤플렉스는 전문성을 전문직과 동일어로 여긴 데서 온 자격지심의 발로 중 하나일지도 모르겠다. 물론 그럼에도 "다 웬만큼 해요" 같은 대답은 여전히 인상적이지 않다. 제대로 된 제너럴리스트 스페셜리스트라면 큰 맥락에서 이 사안을 파악해 제대로 엮을 줄 알아야 한다. 얕고 넓게, 웬만큼 말이다.

백수가 아니라 갭이어

어떤 단어는 탄생 이유와 상관없이 토착화 과정을 겪는다. 갭이어(gap year)는 1960년대 영국에서 자선 기관이 봉사 교육을 위해 봉사자 세 명을 에티오피아에 보낸 것을 계기로 본격적으로 제도화되었다. 학업이나 일을 잠시 멈추고 여행, 봉사, 교육 등 이전과는 다른 경험을 하면서 자신의 흥미와 적성을 찾아보는 시간. 무궁무진한 가능성과 애프터눈 티의 여유로운 향기가 느껴지던 단어 '갭이어'는 한국에 와서 직장인에게 조금 다른 용도로 쓰이게 되었다. 앞에 수식어를 붙이면 이해가 쉬워진다. 자발적 갭이어 혹은 불가항력적 갭이어.

자발적 갭이어는 사회생활을 시작했지만 지금 가는 길이 맞을까 그 방향을 점검하기 위해 주체자가 선택하는 어떤 멈춤의 시간이다. 일의 성취에 취해 하얗게 타버린 앞선 세대를 보고 화들짝 놀란 Z세대가 주로 선택한다. 이는 일을 대하는 태도이자 직장에 바라는 조건이기도 하다. 1990년대생 설명서와 같은 책 《90년생이 온다》에는 "우리도 안식년을 바랍니다"라는 소제목 아래 '유급이든 무급이든 상관없이 일정 근무 기간 후에 안식이 가능한 회사를 중심으로 구직 활동을 하는 1990년대생' 이야기 가 나온다. 직장에서 잠시 벗어나 다양한 경험을 하며 본인이 무 엇을 좋아하는지, 무엇을 잘하는지 모색한다. 학창 시절에 가졌 다면 좋았겠지만 이제라도.

불가항력적 갭이어는 갭이어의 존재도 쓸모도 모른 채 일과 자신을 일체화해 내달리다가 번아웃에 도달해 솔루션으로서 접 하는 경우다. 사실 수식어는 내가 붙였다. 도저히 자발적 갭이어 와 혼합해 설명할 길이 없어서다. 성급한 일반화를 경계해야 하 지만 자발적 갭이어를 선택하는 세대보다 윗세대가 주로 겪는 다. 나 역시 번아웃의 증상을 따라가다가 갭이어라는 단어에 도 달했다. 문화역사가 안나 카타리나 샤프너는 한 기사에서 번아 웃에 대해 다음과 같이 정의한다. '휴식으로 치유할 수 없는 극 도의 피로를 느끼는 증상'이라고. "번아웃이 오면 자신의 능력을 의심하고 일의 가치를 부정적으로 평가하는 모습을 보인다. 함 께 일하는 사람들이나 직장 자체에 분노를 느끼기도 한다. 안개가 낀 것처럼 멍하거나 집중을 잘 못하는 경우도 있다. 신경쇠약에 걸리거나 직장에서 일할 수 없는 상태가 되기도 한다." 신체든 정신이든 건강이 악화되어 쉬지 않으면 안 되는 상태에 다다르면 24시간 팽팽하던 끈이 툭 끊어진다. 그리고 불가항력적 갭이어의 시간이 시작된다. 이직 같은 목적을 위해서가 아니라 자신을 지키기 위해 멈춰 설 수밖에 없는 시간. 자발적 갭이어가 새로 고침을 하며 달리는 내비게이션이라면, 불가항력적 갭이어는 길을 잘못 들어 다시 처음부터 목적지를 검색하는 경우랄까. 아, 저 멀리서 갭이어를 탄생시킨 영국 사람들의 탄식이 영어로 들리는 것만 같다.

번아웃의 처방으로 갭이어를 받아 든 우리의 심정은 사실 좀 복잡하다. 어떤 고민이든 일단 대학 간 후에 하라고 내몰리긴 했지만 무엇이든 될 수 있다고 독려받으며 자란 세대이기 때문이다. 나름 각자의 상황에서 최선의 직업을 선택했고 하던 대로 열심히 내달렸는데 지쳐 꼬꾸라지다니. 사실 일이 곧 나 자신이 되기까지 오래 걸리지 않았다. 일에 매달린 건 눈에 보이는 즉각적인 성취 때문이었다. 우리 세대의 부모는 자신들이 갖지 못한 기회를 자녀에게 주려 했지만 사실 너무 바빴다. 성적이라는 수치라도 있어야 그들의 관심을 끌 수 있었다. 성적으로 능력을 증명했고 사회로 옮겨서는 업무 성과로 자신의 쓸모를 확인했다. 얼마나 즉각적이고 만족스럽던지. 시간을 들이고 자신을 연마할수록 성과물은 더 잘 나왔다. 어느 순간부터 일을 하지 않는 상태를 견딜 수 없게 됐지만. 밀레니얼의 번아웃을 분석한 책《요즘 애들》에는 집중 양육은 중산층의 관습이라는 얘기가 나온다. 과잉 보호를 받으며 자란 아이들 대부분은 늘 초긴장 상태로 그 지위를 유지하기 위해 성취에 골몰하는 어른으로 자란다고 한다. 한국갭이어 설립인이자 지금은 컨설팅에 집중하는 안시준은 "10대에 유튜브 등을 통해 행복한 삶에 관한 가치관을 흡수하는 Z세대에 비해 1980~1990년대 초반에 태어난 세대가 현실을 자각하는 시점이 늦어질 수밖에 없는 환경이었다"고 말한다. 급격하게 성장한 사회는 우리 눈을 가리고 사회적 경험보다는 학습이나 커리어적 경험을 집어넣었다고 말이다. 개인차가 있지만 많은 밀레니얼이 회사 생활을 한 지 수년을 훌쩍 넘어 이 고민에 빠진다.

그러므로 번아웃의 증상을 감지한 내가 가장 먼저 한 일이 '갭이어 갖는 법' 검색이라는 사실에 너무 경악하지 않았으면 좋겠다. 생산성에 가치를 두는 자들은 모든 문제에 솔루션 위주로 접근하려는 경향이 있다. 유의미해 보이는 키워드로 검색을 이어가다가 다다른 곳은 한국갭이어였다. 갭이어의 한국어 정의와 한 달 살기 문화를 만들고 정착시키는 사회적 기업이다. 싱가포르에서 몸과 마음에 상처 입은 희귀 야생동물 구조 봉사 활동하기, 피렌체에서 명품 가방 만들고 잡트레이닝 하기 등과 같은 다양하고 특이한 프로젝트를 500여 개 제안한다. 한동안 유행하던 버킷 리스트처럼 보이기도 했고 인형 뽑기 기계 갈고리로 현실에서 나만 쏙 빼서 전혀 다른 삶에 집어넣는 활동처럼 보이기도 했다. 쉬는 감각에 익숙지 않은 우리를 위해 컨설팅도 제공한다. 단순한 적성검사는 아니다. '문장 완성 검사지' 등을 통해 내면으로 파고든다. 과거를 돌아보며 본성을 회복하고 진짜 바라는 꿈을 찾는다.

안시준 컨설턴트는 물리적 환경 변화에 따른 정서적 변화에 대해 "사람은 환경에 영향을 받을 수밖에 없어요"라고 말했다. 자기 계발서나 심리 상담이 개인의 변화를 권한다면 갭이어는 환경의 변화를 얘기한다. "예를 들어 하와이에서 한 달 살기를 한다면 그들의 삶을 보며 '이렇게 자유롭게 살아도 무슨 일이 생기지 않는구나' 알게 되죠. 스스로에게 엄격하게 굴며 커리어 성취를 이룬 사람이 캄보디아에 가서 몇 개월 봉사 활동을 할 수도 있죠. 거기서 만난 아이들로부터 사랑을 받는데 그 크기가 너무 크고 좋아서 지금까지 부여잡은 것들이 의미가 없었구나 싶어질 수도 있는 거예요. 그러면 그 사람은 한국에 돌아와서 전에 추구하던 것과 다른 선택을 할 수 있어요. 새롭게 만난 환경 덕분에 삶의 포지셔닝이 바뀔 수 있겠죠." 바뀐 환경이 내 본성의 어느 지점을 자극할지 아무도 모른다. 알고 있지만 외면해온 것일 수도 있고, 까맣게 잊고 지내던 것일 수도 있다. 일단 환경이라도 바꿔서 진정으로 바라는 삶을 찾을 수 있는 확률을 높이는 것이다.

물론 누구나 당장 직장을 그만두거나 수백만 원을 들여서 어딘가로 떠날 수 있는 건 아니다. 갭이어를 제도화한 나라에서 다시 태어나고 싶을 만큼 이상적으로 보이지만 워킹맘인 나의 삶에 적용할 엄두도 나지 않는다. 다시 조직에 들어갈 수 있을까? 감이 떨어지거나 실력이 저하되진 않을까? 집을 비우는 동안 가족은 누가 건사하나? 부모님 용돈은? 아이 교육은? 지금 가장 먼저 해야 할 일은 불안을 잠재우는 것일지도 모른다. 컨설턴트는 가족과 공간을 분리하는 식으로 내 상황에서 환경을 바꿔주거나, 삶 또는 일의 태도나 기준점을 바꿔주는 것도 도움이 된다고 조언했다. 예를 들어 책임감이 강하다면 조금 약하게 하고, 낯선 사람에게 다가가기가 어렵다면 좀더 시도하는 식으로 가장 잘하는 것과 가장 못하는 것을 바꿔보라는 것. 베스트셀러 제목대로 멈춰야만 비로소 보이는 것이 분명히 있다.

갭이어에 대해 인상적으로 읽은 책이 있다. 다큐멘터리스트 김진영의 《우리는 아직 무엇이든 될 수 있다》다. 번아웃으로 모든 일을 중단한 저자는 자신과 마찬가지로 일을 잠깐 멈춘 사람들을 만났고 그 이야기를 인터뷰집으로 묶어 냈다. 일을 멈춘 동안 저자는 끊임없이 질문을 받았다고 한다. 이직할 거냐, 창업을 준비하는 거냐, 아니면 이제 프리랜서인 거냐라고. 모두 아니었다. 저자에게는 일과 삶에 대한 생각과 가치관에 집중하는 시간이 필요했다. 처음에는 어떻게 정의해야 할지 몰랐지만 시간이 흐르자 그 시간을 갭이어로 부를 수 있겠다는 생각을 했다고 적었다. 언어가 생김으로써 자기 같은 사람들이 더 자유롭게 이 시간을 쓸 수 있지 않을까 한 것이다.

각기 다른 직업을 가졌지만 공통적으로 갭이어를 가진 이들의 이야기를 읽으며 그 필요를 확실히 긍정할 수 있었다. 지쳤다고 해서 휴식의 편안함만 느끼고 싶은 것도 아니었다. '열정호구'로서 과거를 후회하겠다는 것도, 워라밸을 찾겠다는 것도 아니었다. 기쁨이자 동력이던 일과 나의 관계를 회복하고 다시 돈독하게 하기 위한 마음이 가장 컸다. 불가항력적 멈춤이라도 실패도 포기도 아니다. 일하는 목적을 잃은 채 의무적으로 일만 해내는 상황이 맞냐고 되물어볼 물리적 시간이 필요할 뿐이다. 재정비의 목적은 자기에게 맞는 일을 더 오래 더 기꺼이 하고자 함이고 말이다.

그나저나 실제로 갭이어를 가진 사람들에게 어떤 변화가 일어났는지 궁금하지 않나? 공통적으로 꼽는 변화는 자신이 진짜 원하는 일을 찾고 삶의 방향성을 스스로 조율해 나가는 방법을 터득한다는 확신이다. 보상, 근무 조건, 성장 기회 등 자신이 중요하게 생각하는 것이 무엇인지 깨달은 후에 하는 선택은 확실히 과거보다 편안한 상태에서 일을 할 수 있는 조건을 만들었다. 다시 지쳐 주저앉는 일이 생기더라도 잠시 쉬었다가 일어서면 된다는 것 역시 경험이 알려줬다.

취재이자 실제 상황으로 임한 갭이어 컨설팅 결과를 공개하자면, 대책 마련 단계 근처쯤 간 듯하다. 삶을 잠식하는 불안, 불만, 짜증 등을 내려두고 나서 다음을 이야기하기로 했다. 조언을 마음에 새기며 나오는 길에 갭이어에 관해 (또!) 검색하다가 런던 경영대학원 교수 린다 그래튼(Lynda Gratton)이 100세 시대에 대해 한 강연을 접했다. 교육-일-퇴직으로 이어지는 '3단계 삶'은 이제 맞지 않다는 게 요지였다. 길어진 수명으로 시간이 많아지면 다양한 경력을 쌓게 되고 휴식과 전환기도 있는 다단계 삶을 살게 된다는 전망이었다. 그러니까 40대에도 대학에 가고 60대에도 새로운 직업을 구하게 된다는 거다. 머릿속에서 100세까지 인생을 쭈욱 늘리자 경력 십수 년 차에 잠시 멈춰도 될지 고민하는 지금이 찰나처럼 보였다. 번아웃은 시대가 만든 비극일지 몰라도 우리의 결말은 그렇게 끝나지 않을 것이다. 사회는 기회를 주지 않았지만 이제라도 우리는 질문한다. '어떻게 살 것인가.'

40대 부장'님'의 재취업기

나에게 올해의 드라마를 뽑아달라고 연락이 온다면 일말의 망설임도 없이 〈잔혹한 인턴〉을 뽑을 것이다. 승승장구하던 MD였지만 7년간의 경력 공백 후 인턴으로 들어가는 설정은 올 한 해 내가 머릿속으로 수도 없이 돌려본 시뮬레이션이기 때문이다. 나보다 일을 못했던 동기가 임원이 되어 있고, 왜 뽑았는지 의심스러울 정도로 일머리가 없던 후배가 팀장이 되어 있다. 그들이 주인공과 다른 점은 아이가 없다는 사실 하나뿐이다. 몇 년 전 드라마지만 〈로맨스는 별책부록〉에서도 잘나가던 카피라이터였던 주인공이 이혼 후 찜질방 아르바이트, 마트 계산원 일을 전전하다가 사무직 면접을 보기 위해 이력서에서 학력과 경력을 지우는 장면이 나온다. 경단녀 설정의 레전드 미드 〈영거〉에서는 40대 주인공이 재취업을 위해 20대로 아예 나이를 속여버린다. 경력을 삭제하거나 나이를 속이거나. 경력 단절 여성이 저임금 단순노동직이 아닌 일자리를 구할 방법은 과거로 회귀뿐이다.

K가 한국을 설명하는 만능 수식어가 되고 챗GPT가 소설을 쓰는 동안에도 절대 바뀌지 않은 한 가지가 있다. 여성의 연령별 고용률이다. 대학교를 졸업하는 20대 중·후반 최고치를 찍었다가 30대에 출산과 육아로 일터를 떠나면서 최하치로 뚝 떨어졌다가 아이들을 어느 정도 키운 40~50대에 재취업하며 솟아오르는 패턴. 코끼리를 잡아먹은 보아뱀처럼 M자 형을 그린다. 물론 여자들의 커리어가 오르락내리락하는 사이 남자들은 정상이 평평한 분지(20~50대 고용률 90퍼센트 이상)를 올라갔다가 내려온다. U자를 뒤집어 그리는 것보다 M자를 쓰는 일이 힘들듯, 대한민국 노동시장에서 여성은 남성보다 일하기 힘들다. 이유는 하나다. 아이를 낳거나 낳을 가능성이 있으며 주된 양육자 역할을 맡아야 하기 때문이다. 남성들이 앞만 보며 트랙을 달리는 동안 여성들은 세탁기와 냉장고 허들을 넘고 똥 기저귀 지뢰를 피해가며 달린다. 그 과정에서 넘어지거나 트랙 밖으로 나가떨어지거나 기권하는 선수가 생긴다. 이탈자로 그려진 M자 곡선은 여성의 경력 단절을 상징하는 서글픈 곡선이다.

'경력 단절 여성'은 정부기관이나 법령에서 공식적으로 사용하는 단어다. 정의는 '혼인, 임신, 출산, 육아와 가족 구성원의 돌봄 등을 이유로 경제활동을 중단하였거나 경제활동을 한 적이 없는 여성 중에서 취업을 희망하는 여성'이다. '경단녀'라는 준말이 더 빈번하게 사용되고 있지만 '경단남'으로 응용할 수 없다는 점에서 출산과 육아와 돌봄이 여성의 몫인 현실을 보여주고 있다. 포털 사이트 검색창에 '경력 단절 여성'을 입력하면 얼마나 많은 여성들이 경력 단절을 경험하는지 수치와 통계로 보여주는 기사가 무수히 떠오른다. 첫아이를 임신한 뒤 직장 여성 66퍼센트가 하던 일을 그만두거나 다른 일을 한다. 변호사, 의사, 국회의원도 피해갈 수 없다. '황제마저 피하지 못한 출산 경력 단절'이라는 제목을 단 세레나 윌리엄스의 기사도 있었다. 사실 멀리 갈 것도 없다. 주변을 둘러본다. 중·고등학교 친구들 모임, 대학교 동아리 모임, 직장 동기 모임이 모두 표본 집단이 되고 사례가 된다. 과거 나는 조직에서 실력과 성과로 그녀들과 경쟁했지만 지금은 육아를 도와줄 가족의 유무, 부모의 재산, 남편의 가치관 같은 조건이 더 중요한 요인임을 매일 경험하고 있다. 그러니까 한동안 나에게는 아이를 돌봐줄 수 있는 엄마가 계셨지만, 얼마 전 퇴사를 결정한 동료에게는 그런 '운'이 없었다.

사회는 육아와 양육에 고군분투한 시간을 아무것도 하지 않은 공백의 시간으로 여긴다. 저널리스트 조앤 리프먼은 "고용주들이 경력 단절 여성을 '투명 인간' 취급한다"고 표현했다. 경력 단절을 경험한 물리학자 세어네이드 리의 에세이에는 솔직한 항변이 담겨 있다. "면접을 볼 때마다 나이 때문에 힘들 것 같다는 이야기를 수차례 들었다. 도대체 왜? 스물일곱 살 때보다 판단력도 좋아졌고 업무에 적용할 만한 경험도 풍부히 쌓았다. 다양한 업무의 우선순위를 정하고 여러 과제를 동시에 해결하며 마감도 지킬 수 있다. 하지만 내 나이나 경력을 장점이나 창의력, 유연성을 보여주는 징조로 보기보다는 애당초 가망 없다는 증거로 받아들인다."

경력 단절 여성에게 빚지며 성장한 사회는 경력 단절 여성에게 이중적인 시선을 보낸다. 노동시장의 구조적 문제임에도 개인의 선택에 따른 현상으로 여긴다. 임신 사실을 말했을 때 미묘하게 일그러지던 상사의 얼굴, 출산휴가 사용으로 업무가 과중된 동료의 원망, 야근과 출장으로 육아에 소홀할 때마다 찾아오는 죄책감, 베이비시터 비용과 별 차이 없던 월급과 같은 무수한 순간은 별개가 된다. 그래서 재취업하고자 하는 여성은 '일 대신 가족을 선택해놓고 굳이 다시 일하려고 하는 여성' 혹은

'나이 들어서도 안정적인 삶을 꾸리지 못한 불쌍한 아이콘'이 된다. 재취업하고자 하는 이유가 돈이 필요해서든, 정말 하고 싶은 일을 하고자 함이든 폄하 섞인 시선이 존재한다.

나는 아이를 낳은 이래 육아와 돈벌이라는 짐을 짊어진 채, 내리는 순간 즉사하는 쳇바퀴를 달리는 기분으로 살아왔다. 엄마의 돌봄 노동을 착취하며 아이의 유아기는 물론 2차 위기로 불리는 초등학교 입학 시기까지 무사히 견뎠다. 사회적으로 약한 순서대로 밀려났던 코로나 팬데믹까지 이겨내며 내달렸지만 체력 자신감이 뚝 떨어진 채 번아웃을 만났다. 가족에게 필요한 모든 뒷바라지를 해주던 엄마가 낙상으로 수술을 해야 했던 것도 그때였다. 아무리 다듬어도 스케줄이 규칙적일 수 없는 에디터라는 직업에 지쳐 퇴사를 결정했다. 그러고 나서 '43세', '잡지사 근무 18년 차', '부장' 스펙을 가지고 다시 조직에 들어가기까지 짧지 않은 시간이 걸렸다.

한때 '여성의 생애 소득이 가장 높은 나이는 평균 34세'라는 트윗이 엄청나게 퍼져나간 적이 있다. 대략 10년 차 과장 혹은 차장일 때 연봉이 가장 높단 얘기인데, 결혼 후 출산과 육아로 회사를 계속 다닐 수 있을지 고민에 빠지는 시기와도 겹친다. 그러니까 경력 단절 직전에 받은 연봉이 우리 생애에 올릴 수 있는 가장 높은 수익이란 의미인 것이다. 실제로 육아로 경력 단절이 되면, 아이를 어느 정도 키우고 난 뒤 다시 취업을 하려고 할 때 동일한 포지션으로 돌아오기란 불가능하고 누구라도 할 수 있는 단순한 업무로 방향을 틀게 되니 트윗은 과장이 아니라 오히려 냉정한 현실을 꼬집은 '팩폭'이었다.

20대에서 40대까지 이직 제안을 받는 횟수가 얼마나 잦아드는지 몸소 그리고 주변 친구들을 통해 생생하게 목격해왔다. 유능하고 운신이 유연한 과장 시기를 지나자 놀라울 정도로 부담스러운 존재로서 무게가 매해 더해졌다. '경력을 살리되, 다른 분야로 이직'은 커리어의 전환을 바라며 품었던 이상이었다. 하지만 마치 무엇이든 될 수 있다 믿으며 장래희망을 말하던 어린이가 재능, 능력, 환경 등을 하나하나 깨달으며 실현 가능한 목표로 조정하듯, 나 역시 '사회에서 너의 자리'를 깨우쳐주는 면접을 하나씩 겪으며 '가능한 자리'를 찾을 수밖에 없었다.

40대 부장 퇴직자의 재취업 시도에는 '스펙이 부담스럽다' 같은 완곡한 거절, 회사 대표가 나보다 나이가 어리다는 걸 뒤늦게 발견한 나의 불찰, 불합격 알람조차 보내지 않는 서류 전형이 번갈아가며 일어났다. "언니 능력이 문제가 아니라, 언니 자리가 안 보여." 타로 점술가마저 녹록지 않은 현실을 거듭 일깨워줬다. 그러다가 '엄마로서 자아가 강하냐?'는 질문을 들은 건 일하는 여자들을 위한 콘텐츠를 제작하는 회사와의 면접 자리에서였다. 엄마로서 자아가 강한 사람은 그런 콘텐츠만 반복해서 기획해서 곤란하다는 게 면접관의 설명이었다. 마치 엄마는 일하는 사람이어서는 안 된다는 듯 모멸감을 주는 질문은 40대 재취업기의 트라우마로 남았다.

넷플릭스 다큐멘터리 〈익스플레인: 세계를 해설하다〉 시리즈 중 '왜 여성은 더 적게 받는가' 편에서 경제 연구원 베로니크 드 루지는 회고한다. "시간적으로 압박을 받은 것은 상사가 아니라 나 자신이었다. 집에 있는 아이와 시간을 보내고 싶었기에 15분 만에 많은 일을 할 수 있었다. 아이가 있기 때문에 나는 훨씬 나은 직원이 되었다." 컨설턴트 출신 폴레트 라이트는 경력단절 여성과 일하는 방법으로 '사무실에 책상을 내주고 일주일 내내 얼굴을 내밀게 하지 말고 그냥 일거리를 던져주고 언제까지 끝내야 한다고 이야기만 해주길' 권한다. "세계경제에서 빈곤 퇴치를 위해 가장 효과적인 수단은 여성의 잠재력을 활용하는 것"이라는 르완다 정치가 발렌타인 루그와비자의 말처럼 경력단절 여성은 준비된 미활용 인력이다. 경단녀는 역사와 사회가 만들어냈지만 삶을 책임지고자 애쓰는 우리는 개인으로 상황을 돌파하고 있다.

알랭 드 보통의 말대로 우리의 삶은 불안을 떨쳐내고, 새로운 불안을 맞아들이고, 또다시 그것을 떨쳐내는 과정의 연속이다. 하지만 40대에 맞이한 경제적 불안정은 생계는 물론 사람들과의 관계, 노후까지 불안을 더했고 나는 불안을 잠재우기 위한 최선의 선택을 함으로써 M자 곡선 그래프의 솟아오르는 지점에 올라섰다. 그리고 엄마로서 자아가 강한지 물었던 면접관에게 세어네이드 리의 방식대로 대답하고 싶다. "나는 엄마가 아닐 때보다 세상을 보는 눈이 넓어졌고 조직을 관리할 유연성도 풍부해졌다. 20, 30대 때보다 실수와 실패를 줄이는 판단을 더 잘하게 됐고 당신 같은 면접관을 만나도 당황하지 않는 배포도 생겼다. 그러니 엄마로서 정체성과 경력을 시대에 뒤떨어진 증거로 받아들이지 말고 존중해야 할 성취로 받아들이길 바란다."

부모와 함께 산다는 것

마스다 미리의《평균 연령 60세 사와무라 씨 댁의 이런 하루》는 '평균 연령'이라는 에피소드로 시작한다. 아버지의 일흔 번째 생일, 생일 축하 건배를 하던 아버지는 갑자기 가족의 나이를 계산한다. "내가 70세, 당신이 69세, 히토미가 40세. 평균 연령 환갑인 가족이네!" 가족의 일상은 잔잔하게 흘러간다. 엄마는 야근한 딸의 어깨를 주무르다가 마흔 넘은 '노처녀'라고 놀리고, 셋은 수박이나 양갱을 나눠 먹으며 스포츠 경기를 보고 수다를 떤다. 어린 시절 푸딩 먹는 습관을 기억하는 엄마, 여행 간 엄마를 대신해 아버지의 저녁상을 차리는 딸. 만화는 사와무라 씨 댁의 이런저런 하루를 보여주다가 중간중간에 영정 사진을 준비하는 아버지, 보험에 대해 이제는 아내에게 묻고 싶어 하는 남편, 딸이 결혼하길 바라지만 이대로 셋이 살고 싶기도 한 엄마의 마음도 슬쩍슬쩍 보여준다.

사실 나이 든 부모님 이야기는 새삼스러울 게 없다. 그럼에도 이 만화가 유독 달라 보이는 건, 독신인 마흔 살 딸이 부모님 집에 함께 사는 거주 형태 때문이다. 비혼 비율이 높아진 요즘은 줄어드는 '4인 가족'의 자리를 '1인 가구'와 '고령화 가족'이 대신한다. 마스다 미리는 요즘 우리 사회의 키워드인 '고령화 사회', '저출생', '만혼' 등을 생각하다 자연스레 '평균 연령이 높은 가족'을 떠올렸다고 한다. 영화로도 개봉된 소설《고령화 가족》에선 평균 연령 47세를 자랑하는 자식들이 엄마의 연립 빌라에 바글바글 모여들어 삼겹살을 굽고 된장찌개를 떠먹는다.

나이 찬 자식이 부모와 함께 사는 이유는 각양각색이다. 이혼이나 출산, 사업 실패 등으로 부모의 도움이 필요해 다시 둥지로 돌아오거나, 어느 날 문득 부모님의 늙어감을 느끼고 효도하는 마음으로 곁을 지키거나, 어쩌다 보니 집을 떠날 공식적인 이유(이를테면 '결혼' 같은)가 생기지 않아 부모 옆에 남는다. 늙은 부모와 나이 든 자식의 동거는 부모가 자식을 무조건적으로 거두는 관계가 아니다. 부모로부터 심리적, 경제적 독립을 이뤘지만 부모와 함께 살기를 자발적으로 선택한 동거다. 그러니까 술을 마시고 새벽에 들어온다거나 라면을 먹고 싱크대에 냄비를 던

져두면 폭풍 같은 잔소리를 마주해야 한다는 걸 알고도 동거 상태를 유지하는 어른스러운 관계라고 할 수 있다.

하지만 각자 삶의 방식이 확고한 성인들이 같이 모여 사는 공간에선 이런저런 갈등이 끊임없이 일어날 수밖에 없다. 5년간 독립해서 살다가 집밥이 그리워 엄마 집으로 들어간 모 월간지 기자는 'TV 다시 보기'에 돈을 쓴다는 이유로 또다시 집을 나갈 뻔했다. 물 틀어놓고 샤워하기, 냉장고 문 자주 여닫기, 늦은 귀가 시간. 서른아홉 살 난 딸이 들어야 할 잔소리는 부산항 컨테이너들을 채우고도 남았다. 결국 그녀는 모든 걸 부모님에게 맞춘다는 원칙을 스스로 세우고 나서야 비로소 이 싸움에서 벗어날 수 있었다. VOD를 볼 때마다 어머니한테 꼬박꼬박 돈을 냈고, 샤워 시간은 25분에서 10분으로 줄였다. "엄마 아빠 두 분이 살던 공간에 내가 끼어든 셈이니 무조건 맞춰야 했죠. 대신 최대한 일찍 나가고 늦게 들어와 서로 부딪치는 시간을 최소화했어요." 여기까지는 결혼하거나 룸메이트를 들여도 겪을 수 있는 조정의 단계다.

어느 순간부터 머리 큰 자식은 도움을 주는 자와 받는 자의 역할이 서서히 바뀌고 있음을 깨닫게 된다. 사와무라 히토미처럼 올해 나이 마흔을 찍은 한 대학 강사는 자신을 '집안의 집사'

라고 표현했다. "언젠가부터 집안의 자잘한 문제가 모두 내 차지가 되더라고요. 퇴근길 간식 심부름은 기본이고, 여행 상품 알아보기, 계좌 송금, 엄마 생필품 인터넷 쇼핑까지…… 비서가 따로 없다니까요. 게다가 스마트폰 사용법은 아무리 설명해도 언제 그랬느냐는 듯 또 물어보시니, 귀찮았다가 화가 났다가 미안했다가 감정이 널을 뛰죠." 신발 끈 매기, 자전거 타기를 비롯한 세상 사는 법을 알려주었던 슈퍼맨 같던 부모님이 갑자기 힘없는 노인처럼 느껴지는 것도 비슷한 시점이다. 받기만 하던 자식 입장에서 이 같은 역할의 전이는 당황스럽고 어색하기만 하다.

나이 든 부모와 함께 산다는 건 부모의 나이 들어감을 하루하루 마주해야 하는 일이다. 태어나 피어나는 과정은 신비롭고도 놀라운 일의 연속이라 기꺼이 지나가지만, 시들고 소멸해가는 과정은 그 무게를 드러내고야 만다. "주중에 동생이 아기를 엄마네 집에 맡기는데 사실 동생은 엄마가 얼마나 힘든지 몰라요. 같이 살다 보면 엄마가 조카들을 보다가 힘들어서 자기도 모르게 숨을 헉헉 내쉬는 모습을 봐요. 이제 물리적으로 감당이 안되는 거예요. 잠들어 있는 엄마를 보면 이젠 보호해줘야 할 작은 새같이 느껴져요." 엄마와 함께 조카를 보기도 한다는 대학 강사는 짧은 한숨을 쉬었다.

어떤 부모도 시간을 거슬러 올라가지 못한다. 시간은 부모의 권위를 덜어내고 한쪽으로만 기울어져 있던 평형 저울은 비로소 일직선으로 올라온다. 시집가라는 잔소리가 멈추고, 자식이 서 있는 자리를 온전히 받아들인다. 한 친구는 언니 오빠가 모두 결혼해서 자식을 낳고 나니 엄마도 이제 함께 늙어갈 자식이 필요해 보이더라고 말한 적이 있다. 결혼하면 더할 나위 없이 반기겠지만 그렇지 않더라도 인생의 동반자로 받아들일 준비가 된 것 같다고 말이다. 그제야 친구는 신문지 한 장도 못 버리고 쌓아두기만 하는 엄마의 살림 습관에 불평하지 않게 됐다. 일흔 넘어서도 엄마 없이는 밥 한 끼 못 드시는 아버지에게 시달리는 모습을 보며 엄마가 느꼈을 평생의 답답함에 대해 생각했다. 흔히 자식이 속 썩일 때마다 엄마들이 하는 얘기가 있다. "결혼해서 너 같은 자식 낳아보면 알 거다"라는 말. 서로의 입장이 되어 비로소 깨닫는 부분도 있지만, 어른이 되어 부모의 인생을 곁에서 지켜보는 걸로도 우리는 많은 걸 이해하게 된다.

연기를 잘 하기로 유명한 한 배우는 마흔이 넘어서도 부모님과 함께 살고 있다고 말하면 대부분의 사람들이 불편하지 않느냐고 물어본다고 했다. 하지만 그는 그 생활이 좋다고 말했다. 같이 사는 걸 일단 부모님이 좋아하고, 가족과 사는 일상이야 누구든 비슷하지 않겠느냐며. 앞서 부모와 동거하는 경험을 털어놓은 이들 모두 부모님과 같이 사는 것만으로도 효도라고 생각한다. 언젠가는 끝이 날 관계라는 걸 알기에 다시 시작한 동거. 성인이 되어 부모로부터 독립해 잘 지내다가도 문득 해 질 무렵 엄마의 된장찌개 냄새, 아빠와 걷던 산책길이 사무치게 그리워지는 건 그 시간을 되돌릴 수 없다는 걸 알아서다. 나의 모든 시절을 기억하는 세상의 유일한 사람들. 나이 든 부모와 산다는 건, 함께하는 기억을 조금 더 늘리는 일이다. 비록 그 기억의 배경음악이 잔소리일지라도. 다 큰 어른들이 모인 고령화 가족은 그렇게 각자의 마음에, 집 안에 온기를 들인다.

여자 친구라는 노후 대책

2023년 나는 '최애' 웹툰이 드라마가 되어 많은 사람에게 사랑받는 과정을 지켜보며 흐뭇한 시간을 보냈다. 싱글맘, 동성애자, 비혼주의자 등 다양한 인물이 통상적이지 않은 방식으로 등장하고 무엇보다 여자들의 우정이 갖는 힘이 제대로 그려졌던 웹툰 〈남남〉이다. 인터뷰에서 만난 정영롱 작가는 자신만의 '친구론'을 들려줬는데, 이 '친구론'이 우정의 정체를 절묘하게 관통했다. "살면서 세 가지 친구만 있으면 된다고 생각해요. '너무 힘들었어' 이야기했을 때 '힘들었겠다' 해주는 친구, '왜?' 묻는 친구, '어, 나도 힘들었어' 하고 자기 얘기하는 친구. 연인과는 헤어지면 제목처럼 남남이 되는데 친구란 오래된 앨범처럼 남아요. 언제 들춰봐도 항상 그 자리에 있는 존재예요." 그러니까 우정은 공감, 환기, 경험의 확장을 동반한다. 여자들의 우정은 진짜 그렇다.

소설에서는 좀더 많은 여자들을 만났다. 《같이 걸어도 나 혼자》에는 이혼하기 위해 행방불명된 남편부터 찾아야 하는 여자와, 이별한 애인과 스토커로 속이 시끄러운 여자가 나온다. "벌써 인생의 절반을 살아왔고 돈도 얼마 없는 우리. 그래도 지금 우리에게 가장 필요한 건 휴식과 기분 전환"이라며 외딴섬으로 떠난 둘은 가깝지도 멀지도 않은 거리감을 유지하며 묵묵히 함께 걷는다. 수영이라는 공통분모가 있는 소설 《J. M. 배리 여성 수영클럽》과 《수영하는 여자들》 그리고 《나는 매일 직장 상사의 도시락을 싼다》에는 나이와 상관없이 서로의 삶을 걱정해주다가 친구가 된 여자들이 나온다.

반면 현실 세계에서는 오랫동안 "여자들의 우정은 오래가기 힘들지. 결혼하면 끝 아닌가?", "여자들은 친구 사이에 의리가 없지" 같은 폄하를 꾸준히 들어왔다. 언뜻 '여자들 사이에 진정한 우정은 성립하지 않는다'는 편견은 여자들을 이간질하려는 자들의 무심한 한두 마디가 쌓여 형성된 것 같지만 그 역사는 생각보다 뿌리 깊다. 매릴린 옐롬이 저서 《여성의 우정에 관하여》에서 분석한 바에 따르면 서구에서는 1000년 동안 우정을 남자들만의 것으로 여겼다. 우정이라는 고귀한 감정을 나누기에 여자는 부족한 존재였다. 철학자들은 다음과 같은 말을 남겼다. "완벽한 우정이란 선하며 동등한 덕을 갖춘 남자들 사이의 우정이다."(아리스토텔레스) "여자들이 지닌 능력은 영적 교감을 나누기에 부적합하며, 여자들의 영혼은 견고하고 질긴 관계의 압박을 견딜 만큼 튼튼하지 않다."(몽테뉴) 그 당시 우정은 군사적 유대를 위해 필요한 감정이었기에 가정의 테두리 안에 있던 여자들은 우정의 성립 조건 자체를 충족시키지 못했다(라고 애써 이해를 해본다). 여성들의 우정이 어느 정도 존중받기 시작한 시기는 18세기부터다. 살롱과 서클 문화가 여자들 사이에 우정을 확산시켰다. 하지만 여자들이 경쟁심과 질투심이 강하고 친구들 사이 충성심이 약하다는 고정관념은 과거부터 지금까지 이어지고 있다. 벤저민 프랭클린은 "어떤 여자의 결점이 알고 싶다면, 그 여자의 친구들에게 그 여자를 칭찬하라"라고 말했다는데 이 정도면 진심으로 그렇게 믿었던 것 같다.

여자들 사이 우정의 깊이를 얕게 취급한 역사는 치욕적이지만 오늘날 여자의 우정은 일상과 사회생활을 견인하는 힘의 근본으로 작용하는 중이다. 여자의 우정과 남자의 우정은 유지되는 방식도, 드러나는 방식도 다르다. 남자들이 함께한 물리적 시간으로 "말하지 않아도 아는" 우정을 쌓는다면, 여자들은 함께

하는 시간을 즐기며 "말해서 아는" 우정의 탑을 쌓는다. 여러 학자들은 남자의 우정의 형태가 어깨를 나란히 하는 것이라면, 여자의 우정은 서로를 마주 보는 것이라고 말한다. 여자들의 우정은 서로 살뜰히 챙기고 돌보는 방식으로 드러나고 유지된다. 어머니 세대로 치면 '김치 퍼주고 급한 일 생겼을 때 아기 봐주고 아플 때 약봉지 들고 가서 죽 끓여주는 우정'이다. 살뜰한 보살핌은 친구가 사고 싶어 하던 물건을 저렴하게 구해주는 행위부터 낯설고 힘든 상황을 함께 헤쳐 나가는 것까지 포함한다.

나는 아기를 낳은 후 이 우정의 정체를 확실히 알았다. 출산과 육아에 지쳐 매일 펑펑 울고 있을 때 몸과 마음을 챙겨준 건 친구들이었다. 아이가 초등학생이 된 지금도 그녀들은 아이 물건이나 먹을거리를 손에 들리곤 하는데 그 마음이 너무 따뜻해서 삶을 감히 함부로 대할 생각이 들지 않는다. 한 선배는 아버지가 돌아가셨을 때 매일 빈소를 찾는 여자 친구들을 보고 오히려 더 가족에 가까운 감정을 느꼈다. 약자로 살아왔기에 본능적으로 서로를 보호하는지도 모르겠다. 우리는 서로에게 무엇이 필요한지 너무나 잘 알고 있다. 아이가 아플 때 사회에서 만난 동네 친구에게 카톡을 남기면, 가야 할 병원 리스트를 장단점을 요약해 순식간에 보내준다. 마치 머릿속을 공유한 듯 지금 이 순간 상대에게 필요한 것이 무엇인지 정확하게 파악해 손을 내민다. 일상의 돌봄을 동반한 여자들의 우정은 끈끈하다. 가족 사이에 요구되는 돌봄은 일방적인 희생인데, 여자들 사이 돌봄은 쌍방향이다. 그래서 피로하지 않다.

서로를 챙기는 여자들의 우정에 대해 말했지만, 이 우정은 변화하기 마련이고 영원하지 않다. 이 사실을 인정했을 때 오히려 우정의 진가가 보였다. 각자의 선택이 쌓인 결과로 30~40대를 통과하면서 우리의 처지는 엄청난 변화를 겪는다. 더 이상 매일 같은 교실에서 일상을 공유하지 않는데 오래되었다는 이유만으로 무조건적 이해를 바라면 서로를 향한 감정은 달라진다. 예전에 별 볼일 없던 친구가 잘나가기도 하고 간간이 만나는 모임에서는 속내를 털어놓기 힘들 정도로 상황이 변해버린 친구도 있다. 무엇보다 삶에서 중요하게 여기는 것들이 일치하지 않을 때 그 관계는 이어지지 않는다. 나는 상대를 원망하거나 억지로 이어 붙이지 않고 나서야 우정이 제대로 보였다. 우리 사회는 친구 관계가 연인 사이나 가족 관계보다 후순위라는 인식을 끊임없이 심어주는데 그 틀에서 벗어나는 순간이기도 했다. 그렇게 어떤 우정은 흘러갔고 어떤 우정은 새롭게 찾아왔다. 삶의 모양이 달라지면서 사회에서 새로운 친구도 만났다. 학교처럼 어떤 험난한 회사 시절을 함께한 친구들도 생겼다. 무엇보다 일을 대하는 방식, 재미를 추구하는 법, 세상을 바라보는 눈이 비슷한 존재들이다.

과거 이사, 결혼, 유학 등 우정을 유지하기 힘들게 하던 물리적 요소는 소셜 미디어의 발달로 어느 정도 극복됐다. 18세기 서신을 통해 전하던 안부를 지금은 카카오톡을 통해 0.5초 만에 전한다. 나는 출근길 공기가 어제보다 얼마나 차가운지, 드라마에서 모 배우의 연기가 얼마나 따분한지, 편도선이 부었는데 병원을 갈지 말지 얘기할 상대가 필요하다. 몇 개의 단톡방이 사안의 적합도에 따라 쉼 없이 운영된다. 각각 친구마다 털어놓을 수없는 얘기는 존재하지만 누구에게도 털어놓지 못할 얘기는 없다. 우리는 카카오톡으로 늘 연결되어 있다는 데서 안정감을 느낀다. 과거 아낙들이 냇가에서 빨래하며 떨었던 수다를 우리는 카카오톡을 통해 주고받는다. 매릴린 옐롬이 저서에서 인용한 한 여성의 말은 수시로 친구들과 연락을 주고받는 심리를 상징적으로 보여준다. "우리가 모든 것을 공유하는 이유는 인정받되 평가받지 않는 것이 좋기 때문이다. 이것은 수용과 사랑이다. 한 주에 문자 500건 보내는 걸 그만두고 일주일에 한 번 세 명의 친구와 만나라고 하면 받아들일까? 싫다. 나는 실시간으로 이야기를 주고받는 데서 카타르시스를 느끼고 외로움을 한 방에 날려버린다."

우정이 일상에서 어떻게 작용하는지 물었을 때 한 친구는 "우정이 있어서 즐겁게 사는 것 같아. 인간답게 살게 하는 원동력이라고 해도 과장이 아니야"라는 답변을 들려줬다. 나도 그렇다. 여자 친구들이 있어서 결혼 생활도 유지하고 아이도 키우며 직장 생활을 한다. 가족이 채울 수 없는 정서적 결핍을 친구들이 충족시킨다. 가족들과 아무리 사이가 좋아도 옆자리 선배가 무심코 한 말에 깔려 있는 부정적 뉘앙스를 파악할 순 없다. 울컥해 사무실을 뛰쳐나가 건물을 빙글빙글 돌 때 어떤 기분인지 1밀리미터도 벗어나지 않고 파악하는 건 친구들뿐이다. 한 후배는 "우정이 전부는 아니지만 삶의 바탕이 되기는 해요. 이젠 중대한 결정을 하기 전에 친구들에게 먼저 상의하고 가족에게 통보해요"라고 말했다. 누가 그랬던가. 심리 상담사들이 있기 전에 여자 친구들이 있었다고. 우리에겐 가족 선택권이 주어지지 않은 대신 친구 선택권이 주어졌다. 친구는 우리가 선택하는 가족이다.

앞서 정영롱 작가가 말했듯 친구들은 마냥 공감만 하지도 않는다. 30~40대에는 알고도 안 하는 일이 많은데, 친구들은 '팩폭'을 동력으로 늘 더 나은 내가 되도록 몰아붙인다. 잘못을 일깨워주고 독려한다. 예리하고 현명하며 유머를 잃지 않는다. 우리는 그렇게 서로 인생의 기꺼운 목격자가 된다. 친구의 아이가 자라는 모습을 함께 지켜보고, 친구의 어머니가 아프실 때 병문안을 가며, 인생의 생생한 증인이 된다. 책임져야 하는 자녀 같은 존재라든가 법적인 의무, 혈연, 성욕 없이도 유지된다는 점에서 우정은 인간이 가지는 가장 고차원적인 감정이다. 한 연구는 중년 이후 삶의 질을 좌우하는 중요한 지표로 친구를 들었다. 지금만큼 사회적으로 연결되어 있지 않을 중년을 상상하면 불안한데, 똑같은 생각을 하고 있을 친구들을 생각하면 불안하지 않다. 40대에게 친구는 노후 대책이다.

우정에 대해 가장 듣기 좋았던 말을 꼽으라면 〈밥블레스유〉에서 최화정, 이영자, 송은이, 김숙이 박장대소하며 했던 "우리 우정 합치면 100년"이었다. 새삼 매슬로의 인간의 욕구 5단계 이론을 읽어보며 여자의 우정이 그 모든 욕구를 충족시킨다는 사실을 깨달았다. 어쩐지 친구들과 함께 있을 때면 어떤 부족함도 느껴지지 않았다. 마음이 맞는 친구들과 삶을 나누는 기쁨보다 더 큰 기쁨이 있을까. 100년 우정으로 항상 즐거움을 나눠주는 네 사람에게, 서로를 살뜰히 챙긴 친구들과 나 스스로에게 '우정상'을 바치고 싶다. 앞으로도 잘 부탁해.

내 나이를 받아들이는 법

이토 시오리(伊藤詩織) 감독의 다큐멘터리에는 고독사 센터 청소부를 직업으로 삼은 여성 미유가 나온다. 그녀는 의뢰가 들어오면 방독면과 보호 장비를 착용한 후 고독사가 발생한 집으로 출동하여 죽음의 흔적과 유품을 청소한다. 시체로부터 흘러나온 액체로 물든 바닥을 뜯어내고 구더기를 박멸하며 집 안 곳곳에 남겨진 손톱, 머리카락 뭉치 따위를 치운다. 가위표가 쳐진 달력을 보며, '도와달라'는 메시지를 갈겨쓴 메모를 보며, 고인의 마지막 모습을 상상한다. 다음 사람이 이사 와도 될 정도로 깨끗이 치우고 나면 임무는 끝이다.

이 다큐멘터리를 보고 고양이가 뜯어먹은 시신에 관한 낭설을 들으며 서서히 혼자 꺼져가는 삶을 상상한 적이 있다. 시대를 앞서갔던 예술가 나혜석조차 이혼 후 사회적으로 배척당하고 거리에서 비참한 죽음을 맞이하지 않았나. 나이 든다는 건 신체적, 경제적으로 스스로를 책임질 수 있는 힘이 약해진다는 의미이고, 불현듯 일어나는 사건은 인간의 존엄성을 지킬 수 없을 정도로 인생 후반을 망가뜨릴 수 있다.

40대는 죽음 자체는 물론 슬슬 남은 날들에 대해 떠올리게 되는 나이다. 신기할 정도로 동시다발적으로 일어나는 일이 자연스럽게 그런 생각을 하게 한다. 부모님이 아프시기 시작하는데 낙상 같은 가벼운 일에도 치료가 아닌 수술까지 가는 일이 생긴다. 주변에서도 조부모가 아닌 부모의 부고가 전해지고 사고가 아닌 병으로 아픈 지인들도 등장한다. 희망퇴직을 권유받는 친구들이 생기고 회사에서 잘 버텼더라도 임원의 전당으로 넘어갈 극소수를 제외하면 '끝까지 왔다'는 감각이 찾아온다. 다음 라운드의 막이 올랐다는 신호가 놀라울 정도로 생생하게 서라운드로 울려 퍼진다.

하지만 매일 우유 배달로 안부를 확인하는 우유 기업도 있고 위급 상황이 발생하면 119를 불러주는 인공지능 반려로봇을 지원하는 지자체도 생기고 있으니 부패한 시체 냄새로 이웃집에 발견되는 일은 점점 더 사라질 것이다. 또 한편 혼자 죽는 게 뭐 그리 대수일까 싶다. 혼자서 삶을 잘 꾸려왔다면 죽을 때도 혼자 온전히 삶을 끌어안고 죽을 수 있겠지. 그런 면에서 여성학자 우에노 치즈코가 저서 《집에서 혼자 죽기를 권하다》에서 내놓은 의견 "'고독사'보다 '재택사'로 불러야 한다"에 동의한다. 그렇게 40대의 머릿속은 자연스럽게 '어떻게 나이 들어갈 것인가'에 다다른다.

친구들끼리 모인 술자리에서 밤 12시만 넘어가면 늘 하는 얘기가 있다. "늙으면 다 같이 모여 살자. 지방에 땅 사서 건물 짓고 우리끼리 실버타운을 만드는 거야." "방 하나는 극장처럼 꾸미자. 옛날 영화부터 최신작까지 다 갖춰놔야지." "싸울 수 있으니 화해의 방도 만들어야 함." "참, 고양이랑 강아지도 키워야지!" 상상의 나래를 펼치다 보면 노년의 풍경이 제법 괜찮게 그려진다. 그 와중에 대단히 실질적인 노후 대책을 말하는 친구도 있다. "보험 수혜자를 모두 조카로 돌려놨어. 그리고 조카한테 각서를 받았지. 사망보험금 다 갖는 대신 내 병수발 들어주기로." "나는 실비보험에 '간병인 지원금' 항목을 추가했어. 한 달에 1만 원 정도만 더 내면 되더라고." "참, 나 이런 보험 들었으니까 혹시라도 내가 병원에 실려 가면 병원에 얘기해줘." 대화가 여기까지 이르면 '그래, 이렇게 나이 들면 되겠지. 비슷한 생각을 하는 친구들이 이렇게 많은데'라는 막연한 희망에 다들 기분

좋게 집에 돌아간다.

술자리 만담에서 등장한 거주 형태는 주거 공동체다. 코하우징, 셰어하우스와도 비슷하다. 개인의 독립성을 포기하지 않고도 사회와 연결될 수 있는 네트워크이자 연대다. 물론 지금도 실버타운은 존재한다. 상상 속 실버타운과 비교했을 때 '친한 사람들끼리'와 '좋아하는 것이 손 닿는 곳에 있는 환경'만 빠져 있을 뿐이다. 지방에 땅을 사고 건물을 지어야 하는 돈도 생략되어 있긴 하다. 노년의 걱정은 모두 돈으로 직결된다. 위더스자산관리 이세진 이사에게 노후 대비 방법에 대해 물었을 때 가장 먼저 돌아온 대답은 사실 "그만 쓰세요"였다. 1인 가구로 산다는 건 '호텔 방에 한 명이 자든 두 명이 자든, 방값은 똑같다는 사실을 인정해야 하는 일'이라는 비유도 따랐다. 월세와 생활비에 '묶음 할인' 효과를 볼 수 없다는 의미다. 그녀는 소득이 있는 1인 여성 가구들이 막연하게 품는 '어떻게 되겠지' 같은 희망이 노후 대책에 방해가 된다고 힘주어 말했다. "결혼 여부와 상관없이 집, 노후, 건강은 대책을 세워야 하는 것입니다. 혼자서 집을 사는 게 힘들다고 사회만 탓하고 있어서는 안 돼요. 결혼한 사람도 청약 당첨은 힘들어요. 거주 안정을 위해 무조건 부동산에 도전해야 합니다. 보험도 재편해야 하죠. 1인 가구가 왜 사망보험금이 필요한가요? 그 친구분, 조카가 배신하면 어쩔 건가요? 종신보험에 들 필요는 없고 실비보험 위주로 지금 당장 정리하세요!"

결혼한 유자녀 여성으로 저 대화에 끼어 있어도 어머니 세대 대화에서 흔히 들렸던 "넌 그래도 자식이 있잖니" 같은 말은 누구도 하지 않는다. 빅데이터 전문가 송길영이 2023년 내놓은 "효도는 불공정 거래"라는 통찰은 역사에 길이길이 남을 것이다. 과거에는 20년 동안 받은 양육의 은혜를 부모가 60세가 넘은 이후 형제자매가 나누어 갚았지만 지금은 한 명의 자식이 부모 두 명을 30년 이상 책임져야 하기에 효도란 불공정 거래라는 그의 '시대예보'는 오늘은 물론 내일에도 잘 맞는다. 우리 세대가 부모를 돌보며 삶이 휘청거리길 바라지 않듯 우리는 자식이 나의 노년을 책임지리라는 기대는 하지 않는다. 나에게는 초등학생 아이가 있지만 자립할 수 있을 때까지 잘 보조해줘야겠다는 책무만 느낀다. 자식의 수입 절정기와 부모의 쇠약기가 만나는 지점이 벌어진 지도 오래다. 심리학자 빅터 갤런은 깔끔하게 "자식이나 손주가 노인을 돌볼 거라는 기대는 '부모 되기의 신화 중 하나일 뿐"이라고 정리했는데, 이는 자식이 곧 노동력이던 농경 시대에 비롯된 개념일 뿐이다. 이제는 데이터가 쌓여 삶의 만족도 전반에서 '엄마 되기'는 별다른 변수가 아니라고 밝힌 여성

노인에 관한 연구도 나왔다. 연구는 '아이가 있든 없든 말년에 친구나 이웃과 가깝게 지내기 위해 요양원을 선택할 확률은 비슷하다'고 결론지었다.

아이를 낳지 않기로 선택한 뒤 무자녀 커플의 삶을 연구하는 사회학 교수 에이미 블랙스톤의 저서 《우리가 선택한 가족》에는 흥미로운 공동체 예시가 여럿 등장한다. 노년 거주 공동체를 만들고자 하는 성인 독신 남녀를 위한 전국 범위의 룸메이트 매칭 서비스 같은 것이다. 퇴직자 공동체에서 젊은 아티스트에게 거주를 제공하고 아티스트는 재능 기부를 하는 곳도 있다. 한 다세대 공동 거주 공간은 노인 거주자는 청년 이웃에게 도움을 받고 청년 이웃은 주택 지분을 양도받는 식으로 운영된다. 기차표 예매조차 스마트폰으로 해야 하는, 젊은 세대가 기본값인 사회에 대한 공동체로서 대처법이다.

앞서 재무 컨설턴트는 노후 준비에서 가장 지양해야 하는 것은 막연한 희망이라고 했지만, 사실 나는 우리 세대가 나이 들어서 함께하는 새로운 방법을 고안해낼 것이라는 진심 어린 희망을 품고 있다. 인류 공통의 과제에 답이 없을 리가 없고 경제적 자립성이 해결되어 있다는 전제 하에서다. 언젠가부터 나는 기발한 사업 아이템이 떠올라 엄청난 부를 축적하는 막연한 망상을 하지 않는다. 대신 어떻게 하면 조직을 떠난 후에도 자력으로 오래도록 일할 수 있을지 고민한다. 지속가능한 돈벌이에 대한 골몰이다. 업무 성격상 앞으로도 한 번에 큰돈을 벌 일은 없을 것이고 그렇다면 오래 수익을 창출해야 한다. 김희경 작가가 혼자를 선택한 사람들의 나이 듦을 연구한 《에이징 솔로》에도 돈벌이가 불안정해지는 상황을 피하려고 일찌감치 안정적인 직종으로 옮긴 사람들의 인터뷰가 나온다. 회사를 다니다가 수능을 다시 봐서 약대를 간다거나 사회활동가였다가 공무원의 길을 선택하는 식이다. 과장 이후로는 근속이 쉽지 않은 대기업 대신 일찌감치 중소기업으로 눈을 돌린 경우도 있다. 이는 모두 각자의 자리에서 독립적으로 삶을 꾸려가기 위한 자발적 시도다. 타협으로 보이지만 40대의 에이징에서는 합리적인 최선의 선택이다.

요즘 나는 노화에 맞서는 안티에이징(anti-ageing)을 줄곧 외치던 뷰티업계가 내놓은 새로운 마케팅 용어 슬로에이징(slow-ageing)에서 나이 듦의 방향성을 본다. 노화를 부정적으로 보지 않고 자연스러운 것으로 여기며 건강하게 원래 속도대로 나이 들어가자는 주장이다. 슬로에이징 화장품도 성분은 똑같겠지만 나의 노후는 딱 그 정도로만 찾아오면 좋겠다. 수입이 있는 지금,

원하는 미래의 모습을 구체적으로 정하고 현실적인 대비를 시작하기만 해도 일단은 괜찮다. 고독사 아니 재택사는 지금 이 순간에도 발달 중인 스마트한 IT기술이 해결해줄 것이다. 지금 가지고 있는 것을 그때도 욕망하지만 않는다면 이루지 못할 것도 없지 싶다. 변두리 바닷가 마을에서 자그마한 마당을 가꾸고 만화책 읽으며 유유자적하는 노년을 떠올려본다. 물론 영국풍 정원을 만들겠다며 꽃을 끝도 없이 사들여 옆집 친구와 굴 껍질 까기 아르바이트를 하고 있을 수는 있다. 반전은 없고 해피엔딩이 아니더라도 예상해서 대비한 범주 안에서 흘러간다면 '웰에이징'하고 있다 자평할 수 있다. 지금 바라는 건 나이 들기에 환상도 불안도 없는 상태다.

쓰다 써

    지금 이 글을 쓰게 된 건 편집장 앞에서 "진짜 이제 한 글자도 못 쓰겠어요. 더 이상 쓸 주제도 없고요"라고 호소했기 때문이다. 순간 편집장은 "그럼, 그걸 써!"라고 말한 뒤 개운한 얼굴로 이번 달 기사 배당을 마쳤다. 글을 쓸 수 없다고 글을 써야 하는 운명. 비극처럼 들리지만 사실 잡지 에디터가 글감을 잡는 방식에서 크게 벗어나 있지 않다. 평소 보고 듣고 먹고 자고 놀고 일하는 가운데 사람들이 궁금해하며 트렌드에 부합하는 주제가 그달의 기사가 되기 때문이다. 나를 둘러싼 모든 것은 늘 기삿거리가 될 가능성을 품고 있다. 분노 조절 장애가 와서 명상 여행을 가도, 데이트 앱에서 전 남친을 맞닥뜨려도 다음 달이면 '한 장의 추억'이 되어 기삿거리가 된다. 잠깐, 시인이자 소설가 찰스 부코스키는 "집필자 장애(writer's block)에 대해 쓰는 것이 아예 쓰지 않는 것보다 낫다"고 말했는데, 편집장은 "한 글자도 쓸 수 없을 때"의 솔루션을 이미 알고 있었던 걸까.

운동선수에게 입스가 있다면 글 쓰는 사람에게는 집필자 장애가 있다. 원인과 증상에 따라 슬럼프, 매너리즘, 번아웃 등 다양한 병명으로 세분화할 수 있다. 글을 쓰기 힘든, 글이 쓰기 싫은 이유에 대해 현재 나는 온갖 핑계를 갖고 있다. 잡지의 글쓰기는 앞서 언급한 대로 사생활을 파는 일이다. 사실만 전달해야 하는 보도 매체도, 대역을 내세우는 문학 장르도 아니라서 이 한 몸 숨을 곳이 없다. 다만 카메라가 종일 따라다니는 다큐멘터리가 아니기 때문에 사생활은 조작이 가능하다. 거짓말을 한다는 것이 아니라 일부만 꺼내 보인다는 얘기다. 그달 써야 하는 주제에 따라 내 안에 살고 있는 수백만의 자아 중 몇몇이 마이크로소프트 워드의 백지라는 무대에 오른다. 소잿거리를 제공하는 지인들도 마찬가지다. 한 기사에서도 여러 이니셜로 3단 변신을 하며 등장한다.

이 작업이 주는 쾌감도 있다. 허공에 흩어졌을 대화가 글쓰기를 통과해 통찰로 변하는 경험. 물론 반복될수록 '어디까지 드러내야 하는가'가 자괴감이 되어 직업 만족도를 떨어뜨린다. 게다가 이런 식의 글쓰기에는 위험 요인이 도사리고 있다. 사람을 일상적으로 만나는 라이프스타일에서는 소재가 무한 제공되지만, 그 라이프스타일을 벗어나면 소재 고갈에 시달리게 된다. 나로 말할 것 같으면 밤새도록 친구들과 떠들기가 생활의 중심이던 시절에서 결혼하고 아이를 낳으며 가족을 책임져야 하는 패턴으로 변화하자 지금 내가 느끼는 것들이 현재 몸담은 매체에 어울리지 않는다는 무수한 의심을 거쳐야 했다. 일부를 극대화한 자아를 등장시킨다고 해도 글에는 자신이 묻어나는 법이라 '나는 더 이상 힙하지 않다'는 현실은 글을 쓸 수 없는 대표적인 핑계가 됐다.

"인풋과 아웃풋의 밸런스가 어긋날 때 생긴다." 꾸준히 칼럼을 기고하지만 절필도 자주 선언하는 지인 칼럼니스트가 글쓰기의 매너리즘이 찾아오는 이유에 대해 들려준 원인이다. "직접 경험이 아니라도 기술이 있으면 공부한 것, 취재한 것 등을 쓰면서 버틸 수 있지만, 인풋 대비 아웃풋의 속도와 양이 압도적이면 결국 콘텐츠가 고갈된다"고 말이다. 기발한 아이디어가 끝없이 샘솟는 사람도 있겠지만 꾸준히 쓰려면 세계관이나 주제 의식의 변화, 하다못해 심도의 변화라도 있어야 하는데 그때도 필요한 건 인풋이다. 그러므로 "글쓰기의 매너리즘은 삶의 매너리즘"이라는 그의 말은 옳다. 번아웃이 매너리즘으로 연결되는 이유가 여기에 있다. 게다가 체력 소진도 큰 원인이다. "체력이 떨어지기 시작하면 그에 따라 사고 능력도 미묘하게 쇠퇴하기 시작하고, 사고의 민첩성, 정신의 유연성도 서서히 상실된다"는 무라카미 하루키의 진단은 정확하다. 작가들은 자연스러운 쇠퇴를 문장 기법의 향상이나 성숙한 의식 같은 것으로 보완하려고 하지만 거기에도 한계가 있다고 쓴 바 있는 그는 매일 달리기를 해서 글을 쓸 체력을 만든다.

앞서 발로 뛰는 취재를 잡지적 시점으로 언급했지만 사실 글감은 인터넷에도 가득하다. 제레미 리프킨이 3차 산업혁명을 언급한 게 벌써 2012년이고, 스티븐 로젠바움이 정보 과잉 시대의 돌파구로 큐레이션을 제시한 게 2010년이다. 즉 나는 힙하지 않아도 힙한 애들이 노는 세상은 구경할 수 있다. 침대에 누워서도 세상에서 일어나는 모든 일을 휴대전화로 보는 시대에 글감이 없다는 건 좀 궁색한 변명이다. 휴대전화로 온갖 정보에 가닿는 이 시대는 창작자에게 일면 축복이다. 현실에서 느껴지는 결핍을 터치 한 번이 해결해주니까. 그런데 정보가 많아도 너무 많다. 무전취식할 수 있는 정보를 엮어 손쉽게 기사를 완성하기도 하지만, 검색어를 바꿀 때마다 복리 이자처럼 불어나는 자료는 정말 중요한 내용을 놓치고 글을 쓰게 될지 모른다는 공포를 심화시킨다. 그 가운데 자라나는 건 이상한 완벽주의다. 다만 언젠가부터 나는 인터뷰 자료를 찾을 때도 그 인물의 출생 지점까지 거슬러 가서야 검색을 멈춘다. 게다가 웹상에는 논조가 늘 바글바글 끓는다. 생각하지 않아도 대신 생각한 사람들이 너무 많다. 참고 문헌이 꼬리에 꼬리를 물어 최초의 콘텐츠가 무엇인지 파악할 수 없어지는 것처럼, 이슈에 대한 의견이 내 것인지 트위터에서 본 누군가의 것인지 구별하기 힘들다. 그러고 보니 지금 쓰는 이 글은 내 생각인가, 지난달 절필을 발표한 모 작가가 블로그에 올린 글인가.

그다음으로 언급할 핑계는 명불허전 사유, 활자 시대의 종말이다. 업계 종사자들이 모인 단톡방에는 마감이 다가오면 글이 안 써진다는 술회가 이어진다. 매달 반복되므로 전생인가 데자뷔인가 싶은데 그럴 때마다 나오는 발언도 한결같다. "대충써. 누가 읽는다고." 서점에 가면 글쓰기에 대한 책이 코너 하나를 이루는데, 지금도 우리 손에는 휴대전화가 들려 있다. 쓰고싶은 사람은 넘쳐나고 읽은 사람은 없는 불균형. 일기를 제외한 모든 글은 '나는 이렇게 생각하는데 너도 공감해?'라는 질문을 안고 태어난다. 하지만 영상, 사진에 압사당한 글은 예전만큼 많은 사람에게 가닿지 못한다. 존재 이유부터 충족시키지 못한 '아무도 읽지 않는 글'은 엄청난 의욕 상실로 찾아온다. (물론 모든 걸 초월하는 뛰어난 글은 지금도 탄생하고 있다. '나이키가 닌텐도를 경쟁 상대로 삼듯, 넷플릭스, 유튜브보다 울림 있는 글을 써야 해' 같은 망상을 품는 필자는 누구보다 발 빠르게 집필자 장애를 겪는다.)

게다가 글에는 대체로 적절한 보상이 주어지질 않는다. 등단했지만 팔리는 시집을 내지는 못하는 나의 어머니는 한 달 넘게 밤을 지새우며 쓴 시 한 편에 문예지가 원고료 5만 원을 줄 때마다 "글값이 똥값이야" 하며 절필을 결심한다. 숫자에는 객관적인 구석이 있어서 그 숫자가 곧 우리가 쓴 글의 가치로 보인다. 게다가 글은 글로만 평가되지 않는다. 글 쓴 사람이 유명하거나 매력적이면 그 힘이 더 강해진다. SNS 팔로워 숫자로 단행본의 판매량이 결정되는 시장의 당연한 원리가 방망이를 깎듯, 한 땀 한 땀 직조하듯 원고를 쓰고 난 뒤에는 그렇게 서럽게 느껴진다.

작가 제프 고인스가 홈페이지에 올려둔 '집필자 장애를 극복하는 법 14가지'는 원인 찾기부터 시작한다. 가장 큰 원인은 두려움이다. 글 쓰는 사람들은 독자가 없는 현실을 개탄하지만, 내 글이 읽히지 않길 바라는 이중적인 마음도 품는다. 정보가 틀렸다고 지적할까 봐, 잘 모르고 썼다고 비웃음거리가 될까 봐,

문장이 후지다고 욕할까 봐, 내 생각이 틀렸다고 반박당할까 봐, 예전보다 못하다고 평가받을까 봐 두렵다. 글에 대한 피드백은 카톡 보내기만큼 손쉬워서 언제 어디서 비판을 맞닥뜨릴지 모른다. 인상적이지 않은 글은 일어나지 않은 일처럼 사라지고, 논쟁적인 글은 조각조각 나뉘어 조리돌림을 당할 가능성이 있는데 생각이 여기까지 미치면 정말이지 한 글자 내딛기도 조심스러워진다. 이런 두려움은 종종 완벽주의로 이어진다. 더 채워 넣고 더 만전을 기하다가 완전히 포기하는 지경에 이른다. 하지만 제프 고인스가 지적했듯 글은 과학이 아닌 예술이라, 완벽한 글이란 애당초 존재할 수 없다. 글쓰기 역시 노동의 영역이라는 걸 필자들은 곧잘 잊는다. 한 번 높은 성취에 도달한 자들은 이 굴레에서 더 벗어나지 못한다. 대문호의 예를 들어 적절치 않지만 《앵무새 죽이기》 발표 후 55년 동안 책을 내지 못한 작가 하퍼 리를 떠올려보라. 기대에 미쳐야 한다는 압박, 비판적 평가에 대한 두려움은 글쓰기를 어렵게 한다.

"진짜 이제 한 글자도 못 쓰겠어요"에 대한 분석은 여기까지면 충분할 것 같다. 그동안 글쓰기를 돌이켜보며 다시금 드는 생각은 글쓰기의 처음과 끝은 자신을 직면하는 일이라는 사실이다. 지금 하고 싶은 얘기가 무엇인지 끊임없이 들여다보는 일이고 자꾸만 흐트러지는 생각을 모아 단단하게 다지는 일이다. '생각'을 '자각'으로 전환하는 데 우리의 글쓰기가 있다. 이 과정은 녹록지 않아서 직면하기보다 늘 도망치고 싶었다. 하지만 '더 이상은 못하겠다'는 정신을 부여잡고 결국 마무리한 글은 지금 이 순간의 좌표를 촘촘히 찍는다. 가치 있고 충만한 일이다. 아니 에르노는 노벨문학상을 받은 후 글 쓰는 사람들을 위한 조언을 구하는 질문에 "잘 쓰려고 고군분투하기보다 정직하게 쓰기를 바란다"고 했다(또 대문호 얘길 꺼내서 부끄럽다). 지금까지 써온 글이, 앞으로 써나갈 글이 정직할 수 있을까. 쓰다 지쳐 입안이 쓴 나만이 그 답을 알고 있다.

서른의 불만 마흔의 불안

초판 1쇄 발행 2024년 1월 10일
초판 2쇄 발행 2024년 3월 18일

지은이 조소현
발행인 김형보
편집 최윤경, 강태영, 임재희, 홍민기, 박찬재, 강민영
마케팅 이연실, 이다영, 송신아 **디자인** 송은비 **경영지원** 최윤영

발행처 어크로스출판그룹(주)
출판신고 2018년 12월 20일 제 2018-000339호
주소 서울시 마포구 양화로10길 50 마이빌딩 3층
전화 070-5080-4113(편집) 070-8724-5877(영업) **팩스** 02-6085-7676
이메일 across@acrossbook.com **홈페이지** www.acrossbook.com

ⓒ 조소현 2024

ISBN 979-11-6774-131-8 03810

만든 사람들
편집 강태영 **교정** 윤정숙 **표지디자인** THIS COVER **본문디자인** 송은비 **조판** 박은진